LA LUZ QUE NO ES DE ESTE MUI
SANACIÓN, OVNIS Y EL LEGADC

ONDINA PRIETO DE SILVA

LA LUZ QUE NO ES DE ESTE MUNDO: SANACIÓN, OVNIS Y EL LEGADO DE IXCHEL

LA LUZ QUE NO ES DE ESTE MUNDO: SANACIÓN, OVNIS Y EL LEGADO DE IXCHEL

ONDINA PRIETO DE SILVA

PRÓLOGO
Mujer Medicina: Retorno a la Tierra Sagrada
Por Ondina Prieto de Silva

Hay momentos en la vida que no se planean, pero sí se reconocen. No llegan desde la lógica ni el pensamiento, sino como una pulsación profunda que nace desde una voz antigua, silenciosa, que habita en el centro del alma. Así fue mi encuentro con Yucatán: inesperado, pero profundamente familiar. Llegar a sus tierras fue como volver a un sitio conocido desde otra existencia. Allí, entre el susurro de los árboles, el perfume de la tierra húmeda y la mirada honesta de su gente, comprendí que no había llegado por casualidad. Fui guiada. Llamada. Algo dentro de mí había respondido sin saberlo, y al pisar ese suelo, algo comenzó a despertar.

Yucatán me habló como una madre que vuelve a ver a su hija tras años de ausencia. En sus paisajes silenciosos y llenos de símbolos sagrados, comencé a recordar. Recordé que el alma tiene memoria, y que hay lugares en el mundo que actúan como llaves espirituales que abren puertas internas. Recordé que existen linajes dormidos que solo esperan el momento y el sitio correctos para activarse. En esa tierra comprendí que la medicina verdadera no está únicamente en las hierbas ni en los rezos, sino en el reencuentro con una misma. Este libro nace del fuego sagrado que se encendió dentro de mí, del encuentro con la Diosa Ixchel, con la serpiente negra que custodia portales antiguos, con los ojos del cosmos que me observan desde las Pléyades, y de las lágrimas que cayeron al reconocer, finalmente, cuál es mi hogar espiritual.

Mujer Medicina no es un título, es una vibración, un recuerdo ancestral que se activa cuando una mujer decide mirar hacia adentro y recordar su sabiduría, su servicio y su vínculo profundo con la Tierra, el Cielo y el Corazón. Este libro no pretende enseñar desde la autoridad, sino acompañar desde la vivencia. Es un diario sagrado de transformación, un canto al misterio femenino, una flor ofrecida al pueblo yucateco y a todas las almas que aún creen en los milagros del espíritu. Si estás leyendo estas palabras, quizás tú también has sido llamada. Tal vez la tierra esté hablándote, tal vez tú también eres Mujer Medicina. Y si es así, bienvenida al retorno.

DEDICATORIA

Dedico este libro a la tierra sagrada de Yucatán, que me acogió no como visitante, sino como hija que vuelve al útero de su origen. A sus cielos generosos, a sus ceibas guardianas, a sus caminos de polvo rojo que despiertan memorias antiguas. A su gente noble y luminosa, cuya humildad es grandeza, y cuyo amor silencioso es medicina para el alma. A las abuelas que aún tejen en silencio los secretos de la vida, a los niños que cargan en los ojos el sol de sus ancestros, a los curanderos y sabios que aún recuerdan cómo hablar con el maíz, con el agua y con el fuego. Dedico estas páginas a quienes, como yo, sienten que vinimos de las estrellas, y que dentro de cada uno de nosotros habita un templo eterno. A mis hermanos y hermanas de alma, sin importar en qué parte del mundo estén, para que despierten su voz interior, su sabiduría dormida y su infinito poder de amar. A ti, que sostienes este libro con las manos abiertas y el corazón dispuesto: te entrego mi historia como un espejo. Tal vez en ella puedas reconocer tu propia luz, tu propio llamado. Con profundo amor, respeto y gratitud, te comparto este camino que no es solo mío, sino también tuyo.

Creo en la existencia de una inteligencia superior en el universo.
Thomas Alva Edison

NOTA DEL AUTOR

Durante años he explorado el territorio enigmático que separa lo visible de lo intangible, lo cotidiano de lo extraordinario. Las experiencias que he compartido en estos relatos –desde aquel avistamiento celestial en una fría noche de enero de 2009, hasta los encuentros místicos durante la pandemia y, posteriormente, en mi llegada a Yucatán– constituyen un compendio de vivencias que desdibujan las fronteras entre la ciencia, la espiritualidad y el misterio. En estas notas deseo ofrecer una reflexión personal, un registro íntimo de las emociones, inquietudes y descubrimientos que han marcado mi camino.

    La primera vivencia que relaté, aquella noche en la que el firmamento se transformó en un escenario de luces danzantes, surgió como una experiencia casi cinematográfica. Recuerdo que, al salir a caminar después de cenar, el frío no podía empañar la magnificencia del cielo. Las estrellas, en su titilar constante, parecían querer comunicarse a través de un lenguaje más allá de las palabras. Esa sensación de asombro y plenitud fue tan intensa que se imprimió en mi memoria de manera indeleble. Comprender que el universo no es un ente inerte, sino una vasta red de energías y misterios me impulsó a mirar la realidad con ojos renovados. Cada estrella se convirtió en un símbolo de la infinitud de posibilidades, de la esperanza y del incesante latido de la existencia. En esos instantes, me sentí parte de algo mucho mayor, un engranaje en el inmenso mecanismo cósmico.

    La experiencia, por muy inusual que pareciera, se transformó en un punto de inflexión. No era únicamente la visión de estrellas saltarinas lo que me sorprendía, sino la sensación de que la naturaleza estaba comunicándose conmigo, de que el cosmos desplegaba sus secretos de forma casi intencional. Esa noche, en la quietud del entorno, experimenté una comunión íntima con el universo que me reveló la fragilidad y, a la vez, la grandeza de la vida humana. Ese avistamiento se convirtió en una metáfora de la transformación interna, una invitación a abandonar la rutina y a adentrarse en la búsqueda de respuestas sobre el origen y el destino de nuestro ser.

Posteriormente, en plena pandemia, la narrativa se torna más introspectiva. La crisis sanitaria global hizo que muchos de nosotros nos replanteáramos el sentido de nuestras acciones y la esencia misma de la existencia. En ese contexto, contar con un templo dedicado a la meditación en grupo resultaba ser un refugio, un espacio de encuentro en el que el alma podía descansar y reconectar con su esencia. Sin embargo, el miedo al contagio fue mermando poco a poco la presencia de amigos y vecinos, dejando un sentimiento de soledad y desolación. Esa pérdida gradual de compañía reflejaba la fragilidad de nuestras conexiones humanas y el imperativo de proyectar luz en medio de la oscuridad.

Durante aquellos días, mientras meditaba en soledad, mi mente se llenó de imágenes que parecían surgir de un rincón olvidado del tiempo. El sonido de una voz masculina, serena y enigmática me recordó que la energía no depende exclusivamente de la presencia física de otros seres; que, incluso en la soledad, uno puede ser portador de un mensaje vital. Esa voz, que afirmaba que "los que proyectamos luz y energía somos nosotros", se transformó en un faro que disipó la incertidumbre y me permitió vislumbrar una verdad más profunda: la sanación es una tarea personal y colectiva, una danza entre la luz interna y la receptividad del universo.

Es en esos momentos de introspección cuando el concepto de energía adquiere un significado casi tangible. La sanación energética, la conexión con dimensiones superiores y la interpretación de las señales que nos ofrece el entorno son temas que han permeado mis vivencias y mis escritos. Los relatos de los Arcturianos, seres de sabiduría ancestral y apariencia enigmática, surgieron en mi narrativa como una representación de aquello que trasciende la percepción humana ordinaria. Su imagen, alta y esbelta, con piel azulada y ojos que parecen contener secretos del universo, simboliza una faceta de la evolución espiritual que aún estamos por comprender en su totalidad.

En mis escritos, los Arcturianos no son meros personajes de una fábula; representan la posibilidad de un conocimiento superior, un puente entre lo material y lo etéreo. Su capacidad para sanar y para comunicarse telepáticamente se convierte en una metáfora de lo que cada ser humano puede alcanzar cuando se libera de las ataduras del ego y se conecta con su verdadera esencia. La interacción con estos seres me permitió cuestionar los límites de la realidad y aceptar que la existencia puede manifestarse en formas insospechadas. La conexión con ellos es, en mi visión, un recordatorio de que no estamos solos, de que existen guías dispuestos a iluminar nuestro camino si tan solo somos capaces de abrirnos a su mensaje.

La narrativa se desplaza entonces hacia la experiencia vivida en Yucatán, un episodio que ha dejado una huella imborrable en mi historia personal. La llegada a este territorio, cargado de historia y misticismo, fue el preludio de encuentros que desafiaron toda lógica. El relato de mi encuentro con Itxchel, la Diosa Maya de la Medicina, se entrelaza con la memoria ancestral de un pueblo que supo leer en las estrellas y en la tierra los mensajes del universo. Al recorrer las calles de Mérida, la arquitectura colonial me recordaba mis raíces, mis orígenes y la ineludible conexión con mi herencia maya. La invitación de un antropólogo, el diálogo con desconocidos y la señal misteriosa que me encaminó hacia una casa con una puerta verde fueron, para mí, símbolos de un destino escrito en las constelaciones.

Ese día, la figura de Itxchel emergió en mi mente a través de la visión de una serpiente, ese animal que en tantas culturas encarna el conocimiento oculto y la regeneración. La aparición de la serpiente, en perfecta sincronía con mi estado meditativo, no fue un simple fenómeno visual; fue la manifestación de una verdad profunda y milenaria. Sentí, en el acto, que la divinidad se hacía presente, que la energía del cosmos se condensaba en ese ser simbólico. La Diosa Maya, con su serpiente negra en el cabello, representa el vínculo inquebrantable entre la sabiduría ancestral y la capacidad de sanación. Su imagen me permitió comprender que cada experiencia, por más enigmática que fuera, estaba destinada a guiarme hacia una transformación interior.

El encuentro con aquellos seres que, a mi parecer, pertenecían tanto al mundo material como al espiritual, supuso una reafirmación de la interconexión de todas las cosas. La visión de tres pequeños hombres, de piel oscura y con vestimentas tradicionales, en la casa de Mérida, es otro ejemplo de cómo lo extraordinario se cuela en lo cotidiano. Esos momentos de asombro, de lágrimas compartidas y de revelaciones silenciosas, han sido para mí la materia prima de una nueva narrativa en la que se funden la ciencia, la fe y la poesía. La experiencia de ver lo inexplicable, de sentir la vibración del amor en su forma más pura, me impulsó a reconsiderar la naturaleza de la existencia y a resignificar mi rol en el entramado universal

Al relatar estas vivencias, reconozco que no todos los días

se es testigo de lo inusual, pero cada experiencia ha sido un peldaño en el ascenso hacia una comprensión mayor de la vida. La intensidad de las emociones, el vértigo ante lo desconocido y la certeza de que la verdad se esconde en los detalles, son aspectos que he intentado plasmar en cada palabra. Es un intento por captar la esencia de lo efímero y, al mismo tiempo, inmortalizar momentos que trascienden el tiempo y el espacio. Mi intención al compartir estas notas es invitar al lector a cuestionar la realidad establecida, a abrirse a la posibilidad de que, más allá de la superficie, se ocultan historias de amor, de luz y de redención.

La escritura se ha convertido en mi medio para explorar los recovecos del alma y para dialogar con el universo. Cada palabra es un intento de trazar un mapa que nos permita encontrar el camino de regreso a nuestra esencia primordial. Las experiencias relatadas no son una mera colección de anécdotas, sino capítulos de una búsqueda incesante por comprender el significado de la existencia. En este viaje, la meditación, la conexión con seres de otros planos y el encuentro con lo místico se han convertido en herramientas esenciales para descifrar los enigmas de la vida.

En estos escritos se vislumbra la lucha interna entre la duda y la fe, entre el escepticismo y la aceptación. He aprendido que la luz y la oscuridad coexisten en un delicado equilibrio, y que cada experiencia, por insignificante que parezca, tiene un propósito en el gran esquema del universo. Las sombras de la pandemia, el dolor de la pérdida y la incertidumbre del futuro han sido contrapesadas por destellos de claridad y momentos de revelación que iluminan el camino. Así, en medio de la adversidad, encontré una razón para creer en la transformación, en el poder sanador de la energía y en la capacidad del ser humano para trascender sus límites.

Finalmente, quisiera subrayar que estas notas no pretenden ofrecer respuestas definitivas, sino más bien abrir una puerta al cuestionamiento y a la exploración personal. Invito al lector a dejar de lado los prejuicios y a adentrarse en el misterio con la mente y el corazón abiertos. En un mundo en constante cambio, donde lo inexplicable se oculta tras la rutina diaria, es fundamental recordar que la verdad puede encontrarse en los rincones menos esperados. Cada experiencia, cada visión y cada encuentro es un recordatorio de que somos parte de una red vibrante de energía y amor que trasciende la comprensión humana.

Estas palabras son, en definitiva, un testimonio de un camino interior marcado por la búsqueda incesante de significado. Son la crónica de un alma que, a través de la meditación, los avistamientos y los encuentros místicos, ha aprendido a leer en las estrellas y a encontrar en el caos un mensaje de esperanza. Al compartir esta parte de mi viaje, deseo que cada lector encuentre su propia chispa de inspiración y se sienta impulsado a explorar los límites de la realidad.

El universo es un enigma vasto y maravilloso, y cada experiencia vivida me ha recordado que, más allá de lo evidente, se esconde una trama de luz, amor y redención. Estas notas son mi intento de plasmar esa visión, de invitar a una reflexión profunda y sincera sobre la naturaleza de la existencia y sobre el papel que desempeñamos en este gran escenario cósmico. Con humildad y gratitud, reconozco que cada vivencia ha sido un regalo, una lección que me ha enseñado a ver más allá de lo visible y a abrazar la incertidumbre como parte del viaje.

En conclusión, mis relatos –desde el avistamiento celestial hasta el encuentro con Itxchel en Yucatán– son capítulos de una historia que se sigue escribiendo, un relato en constante evolución que nos invita a dejar de lado la rigidez de la razón y a sumergirnos en el océano infinito de la experiencia y el misterio. Cada palabra aquí plasmada es un reflejo de la profunda convicción de que, en última instancia, todos estamos conectados por una energía primordial, una vibración que nos une y que nos impulsa hacia la sanación y la transformación. Estas notas del autor son mi carta de amor al universo, un homenaje a la vida en todas sus formas y una invitación a despertar, a sentir y a soñar en grande.

EL ENCUENTRO CON IXCHEL: LA DIOSA QUE ME DESPERTÓ

Habíamos llegado a Mérida desde Florida alrededor de las tres de la tarde. Tras dejar el equipaje en el hotel, decidimos salir nuevamente a caminar por las calles. Fue entonces, apenas cruzamos la puerta del hotel, que un hombre de aspecto maya se acercó a mí con una sonrisa serena. Sin ninguna introducción, me dijo que me había estado esperando, que había venido para ayudarme. Mi asombro fue total. Le pregunté si se refería realmente a mí, si estaba seguro de que su mensaje era para mí. Su respuesta fue clara y directa: "Sí, a ti. Estoy aquí para ayudarte con lo de la energía". Quedé completamente perpleja, pero al mismo tiempo sentí una vibración de certeza. Le respondí que, efectivamente, todo lo relacionado con la energía me interesaba profundamente.

La conversación fluyó de forma natural. Le pregunté si él creía en la existencia de seres cósmicos, en visitas de hermanos estelares. El hombre no respondió de inmediato, solo me miró en silencio. Entonces saqué mi celular y le mostré algunas fotos de naves que había tomado en la Florida, cerca de mi casa. Las observó detenidamente y, sin decir mucho más, me señaló una dirección: "Camine por esta calle unas tres cuadras. A la izquierda verá una casa de fachada verde. Allí la van a ayudar. No se preocupe, yo la llevaré". Mi esposo y mi suegra, que me acompañaban, aceptaron seguirlo sin dudar, como si también sintieran que algo especial estaba ocurriendo.

Cuando llegamos a la casa, el hombre señaló a través del cristal a otro hombre maya, de unos 35 años. "Él la va a ayudar", me dijo. Al verlo, el joven levantó la vista, como si supiera que hablábamos de él. En ese momento, todos entramos al local. Pero al girar para buscar a nuestro guía, él ya no estaba. Había desaparecido como si se hubiera disuelto en el aire. Nadie en la tienda parecía conocerlo. Incluso el joven al que señalamos me dijo que lo había visto señalándome, pero que no tenía idea de quién era. Sentí un estremecimiento interior. Ese hombre fue como un espíritu, un guía enviado para abrirme una puerta.

Decidí hablar con el joven de la tienda y contarle todo lo que había sucedido. Le mostré las mismas fotos que había compartido antes, esperando quizás alguna señal. Fue entonces cuando noté que sus ojos se llenaban de lágrimas. Emocionado, me dijo que no lloraba de miedo, sino de emoción. Me abrazó con ternura y repitió: "Usted es un ser muy especial, su presencia me conmueve profundamente". En ese instante, supe que había llegado al lugar correcto. No era una casualidad, era un eslabón más en la cadena de señales que me conectaban con la Diosa Ixchel, con mi linaje estelar, y con el propósito que había venido a cumplir en la Tierra.

IXCHELL: LA DIOSA MAYA QUE TEJE LA LUNA, EL AMOR Y LA TRANSFORMACIÓN, UN VIAJE ESPIRITUAL HACIA LA FUERZA FEMENINA Y EL RENACER INTERIOR

Hablar de la antigua civilización maya es sumergirse en un universo donde los mitos y los símbolos dan forma a la vida, donde cada deidad representa no solo elementos de la naturaleza, sino también aspectos profundos del alma humana. En medio de este vasto panteón, brilla con fuerza el nombre de Ixchell, espíritu femenino que encarna la luna, la creación, el amor y la medicina ancestral. Su figura, compleja y luminosa, ha acompañado por siglos los ciclos de vida, muerte y renacimiento de quienes buscan en ella una guía espiritual.

Ixchell —también conocida como Ix Chel o Ixchel— es una de las diosas más antiguas del mundo maya. Su nombre, que puede traducirse como "la señora del arco iris", evoca no solo belleza, sino transformación. El prefijo "Ix", reservado para mujeres y divinidades femeninas, unido a "Chel", que remite al arco iris o al arco, dibuja el contorno de una figura que se mueve entre lo visible y lo intangible: portadora de agua, de vida, de misterios. Más que una diosa, Ixchell es una fuerza viva. Es la luna que crece y mengua, el útero de la tierra, la lluvia que fecunda los campos y la energía que nos impulsa a reconstruirnos cuando todo parece perdido. Es también quien nos recuerda que cada cierre es un umbral hacia un nuevo comienzo.

LA LUNA COMO ESPEJO DEL ALMA

En su faceta lunar, Ixchell representa el ciclo incesante de la existencia. Los mayas veían en la luna la imagen del cuerpo humano: menstruación, fertilidad, gestación, parto. En este espejo celeste, la diosa era invocada por mujeres embarazadas y parteras, que buscaban en ella protección y destino favorable. Se la representaba con serpientes en el cabello y símbolos de agua a su alrededor: atributos que hablan de su conexión con las mareas, los partos y los secretos femeninos. También se le asocia con el conejo lunar, símbolo de fertilidad y regeneración. Ixchell es, en esencia, quien acompaña nuestros ciclos más íntimos, la que nos guía cuando el cuerpo o el alma sangran, la que nos recuerda que cada fase oscura da paso a la plenitud.

Además de su vínculo con la fertilidad, Ixchell era conocida como protectora del amor y de las uniones humanas. Las personas jóvenes acudían a ella en busca de bendiciones para sus afectos, pidiendo que florecieran sus relaciones o que sanaran las heridas del corazón. Las ofrendas, depositadas en cenotes o llevadas a sus templos, eran gestos de fe: flores, tejidos, pequeños objetos valiosos... todo era entregado con la esperanza de ser escuchados. Ixchell era la mediadora del deseo y del compromiso, la tejedora de armonía en la vida conyugal. Se le pedía guía en momentos de conflicto, como si su energía pudiera restablecer el equilibrio donde el amor se tambaleaba.

Como toda gran deidad, Ixchell tiene un rostro dual. Si bien es fuente de vida, también representa la fuerza destructiva de la naturaleza. En los códices, aparece a veces volcando agua desde una vasija: símbolo tanto de fertilidad como de diluvio, de destrucción necesaria para la renovación. Así, Ixchell nos recuerda que no hay crecimiento sin transformación, que incluso en la pérdida se esconde la semilla del renacer. Su fuerza no es solo maternal, sino también implacable, como la tormenta que arrasa para preparar la tierra.

Otra faceta esencial de esta diosa es su rol como curandera. A ella se le atribuyen los saberes de la medicina tradicional, el conocimiento de las plantas y los rituales de sanación. En su honor se levantaban altares con hierbas sagradas, se encendían velas, se entonaban cantos para pedir salud y protección. Ixchell enseñó que la sanación viene de la conexión profunda con la naturaleza, con el agua y con la intuición. Aún hoy, quienes practican la medicina tradicional la invocan como fuente de sabiduría y fortaleza.

LUGARES DONDE AÚN VIVE SU ESPÍRITU

Uno de los santuarios más antiguos dedicados a Ixchell se encuentra en Isla Mujeres, al oriente de la península de Yucatán. Allí llegaban, desde tiempos remotos, mujeres en canoa para rendirle tributo y pedir por la fertilidad del cuerpo y la tierra. También en Cozumel se erigieron templos en su honor, visitados por quienes deseaban concebir o agradecer sus bendiciones. Las festividades que la celebraban eran actos de comunión: danzas, procesiones, cantos, todos gestos que reafirmaban el lazo entre la comunidad, la naturaleza y lo sagrado.

Ixchell no vive solo en estelas antiguas o códices polvorientos. Su imagen, reinterpretada por artistas, poetas, tejedoras y defensoras del medio ambiente, sigue presente en murales, esculturas, textiles y joyería. Es símbolo de lucha, de identidad y de resistencia. Hoy, su figura es invocada por movimientos de mujeres indígenas que reconocen en ella un legado de poder y sabiduría. En sus manos, Ixchell no es un ícono del pasado, sino una aliada en la construcción de un futuro más justo y equilibrado.

LA ELEGIDA POR LA DIOSA
EL CAMINO DE ANAÏS: CUANDO EL ALMA ESCUCHA EL LLAMADO

No hace mucho, en días donde la brisa del Caribe aún cargaba mensajes antiguos, llegó a la península de Yucatán una mujer extranjera guiada por algo más que el turismo. Su nombre era Anaïs, y aunque sus raíces estaban lejos, su espíritu parecía recordar algo familiar. No buscaba templos ni postales, sino respuestas. Fue recibida por una comunidad maya durante la época de lluvias. Desde el primer día, algo en ella cambió. Se interesó por las hierbas, por los cantos, por los rituales cotidianos. Las ancianas la observaron con curiosidad y paciencia. Sus manos aprendieron a tocar las plantas como si ya las conocieran, y por las noches, sueños repetidos la visitaban: una mujer luminosa, rodeada de serpientes, jaguares y conejos sagrados, la observaba en silencio.

Durante una ceremonia bajo la luna llena, Anaïs sintió lo que solo puede describirse como una revelación. El viento se detuvo, la tierra pareció hablar. Las personas mayores lo supieron: Ixchell la había elegido. Desde entonces, Anaïs no solo aprendió a curar, sino a escuchar. Su extranjería fue puente, no barrera. En su entrega, encontró propósito; en el aprendizaje, un nuevo hogar. Nunca dejó de ser forastera a los ojos del mundo, pero su alma fue adoptada por la cosmovisión maya, por el arte de sanar, de honrar, de transformar. Hoy, su historia se cuenta en los fuegos comunitarios como ejemplo de que la sabiduría ancestral no se limita al linaje de sangre, sino que se abre a quienes escuchan con humildad. Porque Ixchell, al igual que la luna, ilumina a quienes están listos para renacer.

IXCHELL EN EL ARTE Y LA CULTURA: UN LEGADO QUE TRANSFORMA ALMA

Su esencia se manifiesta en la expresión viva del arte, en la creatividad de quienes han encontrado en su imagen un espejo espiritual. Desde los muros de talleres artesanales hasta las galerías contemporáneas, Ixchell renace constantemente a través de pinturas, esculturas, bordados y piezas de joyería que reinterpretan su figura con respeto y asombro. Las artistas mayas y mestizas que la recrean no solo buscan retratar una deidad, sino reanimar un símbolo profundo de sabiduría, fecundidad y poder femenino. En las representaciones visuales tradicionales, Ixchell aparece envuelta en una iconografía rica: la serpiente que rodea su cuerpo habla del renacimiento perpetuo; el conejo a sus pies es emblema de fertilidad y multiplicación; el jaguar que la acecha simboliza el misterio y el dominio de los mundos ocultos; y el agua, presente como río, lluvia o manantial, representa el origen y la continuidad de la vida.

Hoy, la imagen de Ixchell ha cobrado nueva fuerza. Se ha convertido en estandarte para movimientos de mujeres indígenas, defensoras del territorio, artistas decoloniales y comunidades que luchan por sostener una relación armoniosa entre humanidad y naturaleza. Para ellas, Ixchell no es solo un eco del pasado, sino una fuerza vigente que nutre la resistencia, el cuidado comunitario y el retorno al equilibrio con la tierra.

EL LEGADO VIVO DE IXCHELL: GUÍA PARA EL PRESENTE

Hablar de Ixchell hoy no es simplemente una tarea antropológica o un ejercicio de memoria cultural. Es reconocer que su legado está más vivo que nunca, entrelazado con los desafíos y anhelos del mundo actual. En una época marcada por el desequilibrio ambiental, la desconexión espiritual y la desvalorización de lo femenino, la figura de Ixchell emerge como guía luminosa. En la literatura contemporánea, su presencia se evoca como símbolo de creación consciente; en los movimientos de defensa del agua y la tierra, su energía es convocada como aliada espiritual; en los círculos de mujeres, su imagen preside ceremonias de sanación y reconciliación. Ella encarna una forma de poder que no domina, sino que nutre; que no arrasa, sino que sostiene.

Las personas que buscan reconectar con sus raíces —ya sean mayas, mestizas o simplemente espirituales— encuentran en Ixchell una presencia que no juzga, sino que acompaña. Se acercan a ella para pedir guía, para volver a escuchar la voz de la intuición que a veces la vida moderna silencia. En ella, descubren valores esenciales: el cuidado del cuerpo como templo sagrado, la creatividad como camino de expresión del alma, el respeto profundo por la naturaleza como parte de uno mismo, y la renovación constante como forma de vivir en armonía con los ciclos de la vida. Ixchell nos recuerda que no hay transformación sin escucha, sin humildad, sin conexión con lo que hemos olvidado. Acercarse a Ixchell es asomarse al corazón mismo de la cosmovisión maya, donde todo lo que vive —personas, animales, plantas, ríos, estrellas— está interconectado en un tejido sagrado. Es reconocer que la vida no es una línea recta, sino un espiral eterno de creación, muerte y renacimiento. el mundo con otros ojos, otras manos y otro corazón.

YO NO HE PODIDO OLVIDAR MI ENCUENTRO CON IXCHELL

La extranjera elegida: un camino de transformación

Hay momentos en la vida que marcan un antes y un después. A veces, esos momentos no llegan con ruido ni con anuncios, sino con la quietud misteriosa del destino que toca a la puerta del alma. Así ocurrió con Anaïs, una mujer extranjera cuya búsqueda espiritual la llevó a la península de Yucatán. No fue el turismo ni el azar lo que la condujo hasta ese rincón del mundo, sino una inquietud profunda, casi inexplicable, que le pedía conectar con algo más antiguo, más esencial. Las crónicas orales cuentan que llegó d urante la temporada de lluvias, cuando el cielo parece llorar memorias y la tierra se abre para beberlas. La comunidad que la acogió la recibió con una mezcla de hospitalidad y reserva. Al principio, Anaïs era simplemente una visitante más, curiosa y respetuosa. Pero pronto, su interés fue más allá del folclor: comenzó a aprender los nombres secretos de las plantas, a escuchar los cantos que no están en los libros, a sentarse en silencio junto a las ancianas que tejían no solo hilos, sino historias.

Cada noche, al dormir, Anaïs era visitada en sueños por una figura femenina envuelta en luz plateada, rodeada de animales sagrados. No hablaba con palabras, pero su presencia era clara, intensa, conmovedora. Un día, durante una ceremonia dedicada a Ixchell, la luna se alzó en lo alto como si supiera que algo importante estaba por suceder. El viento se detuvo. El fuego pareció danzar con otro ritmo. Y entonces Anaïs sintió que una energía cálida y envolvente la abrazaba desde dentro. Las mujeres mayores que estaban presentes entendieron de inmediato: Ixchell la había elegido. No por su origen, sino por la pureza de su búsqueda, por la sinceridad de su entrega.

Desde aquel día, la vida de Anaïs cambió para siempre. Se convirtió en aprendiz de curanderas, en cuidadora del conocimiento que había recibido. Aprendió a leer los mensajes del agua, a escuchar los susurros del monte, a interpretar los signos que muchas veces el ruido del mundo impide escuchar. Su origen extranjero, lejos de ser un obstáculo, se transformó en puente. Gracias a su mirada externa, pudo traducir lenguajes invisibles para muchas personas. Y gracias a su alma abierta, pudo abrazar una cosmovisión que transformó no solo su vida, sino también su manera de ver el mundo.

UNA LECCIÓN DE VIDA: LO QUE IXCHELL NOS ENSEÑA

La historia de Anaïs no es solo la de una mujer elegida. Es el testimonio de que la transformación interior es posible cuando nos rendimos ante lo sagrado, cuando nos abrimos al aprendizaje, y cuando escuchamos lo que el alma nos ha estado pidiendo. No importa el lugar del que vengamos ni las etiquetas que la sociedad nos imponga. Lo que importa es la disposición a caminar con humildad, a dejarse tocar por la belleza invisible, a permitir que la sabiduría ancestral nos muestre un camino nuevo. Ixchell sigue hablando, sigue guiando, sigue tejiendo hilos invisibles entre corazones de todo el mundo. Su legado es una invitación a recordar quiénes somos realmente y a sanar desde dentro, para luego compartir esa sanación con quienes nos rodean, porque, al final, todos —de alguna manera— estamos buscando lo mismo: sentido, pertenencia, un lugar donde el alma pueda descansar y florecer.

Y a veces, ese lugar no se encuentra en la geografía, sino en el espíritu. Al honrar a Ixchell, al contar su historia, al vivir según sus valores, abrimos la puerta a un renacer más profundo, más consciente, más libre. Que su luz siga iluminando los pasos de quienes se atreven a cambiar. Que su energía nos recuerde que aún en la noche más oscura, siempre hay una luna dispuesta a mostrarnos el camino.

RESUMEN DE UNA EXPERIENCIA ESPIRITUAL EN NOLO, YUCATÁN
ENCUENTRO CON LA SERPIENTE NEGRA Y LA DIOSA IXCHEL

A veces la vida nos lleva a un lugar sin que comprendamos del todo por qué. No es el turismo, no es la búsqueda consciente de algo espiritual, ni siquiera un interés histórico. Es algo más profundo, más antiguo: un llamado que resuena en el alma como un eco que viene desde tiempos invisibles. Así fue mi llegada a Nolo, Yucatán. Un pueblo aparentemente silencioso, envuelto en la calidez de la tierra roja y el verde espeso de los árboles, donde el aire respira memoria y cada piedra parece contener secretos que esperan ser escuchados. No fui con mapas ni con certezas. Fui con el corazón abierto y una sensación inexplicable de que algo, alguien, me esperaba.

Fue en ese lugar donde tuve una visión que cambió mi vida. No fue un sueño ni un pensamiento fugaz: fue una experiencia real, profundamente vívida. Frente a mí apareció una serpiente negra. Se deslizaba lentamente por la tierra, pero no sentí miedo. Su energía era densa, sabia, poderosa. Era una guardiana. En la tradición maya, la serpiente representa transformación, conocimiento profundo, vínculo con los mundos que coexisten. La vi y entendí: venía a mostrarme algo, a recordarme algo. Su aparición fue como una llave que abrió una parte de mi ser que había estado dormida. No era una espectadora de ese momento; era parte de él. Sentí cómo la tierra me reconocía, como si supiera que yo había pisado esos suelos en otras vidas, que mi cuerpo llevaba la memoria de siglos.

Y entonces, apareció ella. No la vi con los ojos, sino con algo más profundo. Fue una presencia envolvente, femenina, amorosa y firme. La diosa Ixchel, protectora de la luna, del agua, del parto, de la medicina, de los ciclos de la vida. Ella no llegó para hablarme como lo haría una figura lejana. Llegó como madre, como guía, como hermana del alma. Me llamó por mi nombre interior, por ese nombre que no se pronuncia con la boca, sino que se siente con el alma. Me reconoció. Me eligió. No para ser más que nadie, sino para recordar quién soy, para asumir con humildad y entrega un propósito que lleva muchas vidas gestándose: el de servir, sanar, acompañar.

En ese trance sagrado, supe que este encuentro no era casual. Que el linaje femenino del que formo parte tiene raíces profundas y que Ixchel es la protectora de ese linaje. La serpiente negra se enroscó a mis pies como un símbolo de alianza. Sentí que ambas —la diosa y la serpiente— me abrazaban, me sostenían, me instruían. No con palabras, sino con imágenes, sensaciones, vibraciones. Me ofrecieron el honor de ser puente entre mundos, de compartir conocimiento, de caminar con conciencia entre lo terrenal y lo espiritual. Me encomendaron la misión de escuchar la tierra, de hablar con las estrellas, de no olvidar

Desde entonces, mi relación con el cosmos también se profundizó. En diciembre de 2009 comencé a recibir visitas de seres espaciales. Sé que esto puede sonar extraño, pero para mí ha sido tan real como tocar la tierra con los pies descalzos. Me han visitado, y en dos ocasiones, estuve con ellos dentro de sus naves. No fue invasivo, fue amoroso. Estos seres provienen de la constelación de Arcaturas. Son de piel azul, luminosos, profundamente sanadores. Su energía es sutil, elevadísima, y comparten una misión de acompañamiento con la humanidad en su proceso de despertar espiritual. Con el tiempo, entendí que no están separados de Ixchel. Están conectados. Son parte de la misma red de luz, del mismo tejido sagrado que une a los mundos.

Mis experiencias han sido muchas desde que pisé suelo yucateco. Cada paso en esta tierra despierta algo en mí. No tengo duda de que he vivido aquí en otras vidas. Que esta tierra me conoce. Y ahora sé que la diosa me necesita para recordar juntas. Recordar no como un ejercicio mental, sino como una práctica sagrada, una forma de volver a tejer los hilos del tiempo. Siento que Yucatán me adoptó, pero más aún, siento que regresé a casa. Las visiones, los sueños, los silencios entre los árboles me hablan. Me dicen que no estoy sola. Que muchas y muchos estamos despertando. Y que el linaje femenino, olvidado por siglos, está siendo restaurado por nosotras.

Ixchel me ha dado un sentido de pertenencia que no había experimentado antes. No se trata de pertenecer a un lugar geográfico, sino a una vibración, a una conciencia. Hoy me sé guardiana de su sabiduría y también sé que esa sabiduría no es mía: pasa a través de mí. Soy un canal, una servidora, una mujer que camina con los pies en la tierra y el corazón en las estrellas. La misión es clara: sanar, recordar, acompañar. Volver a unir lo que el olvido separó. Entregar amor, sin buscar reconocimiento. Y escuchar. Escuchar la voz de la tierra, del agua, del cielo nocturno que me guía.

Mi compromiso con Ixchel y con los Arcturiano no es una promesa externa. Es una fidelidad interior, un pacto de alma. Me toca compartir lo vivido, inspirar a otras personas a recordar también su linaje, su propósito, su conexión con lo sagrado porque lo que me ocurrió en Nolo no fue un evento aislado. Fue un recordatorio de que todos y todas podemos acceder a nuestras memorias antiguas, que todos llevamos en el corazón una serpiente dormida, esperando ser despertada para guiarnos hacia nuestra verdad más profunda.

SANAR PARA RECORDAR

Sanar no es olvidar; sanar es recordar sin dolor, es mirar atrás con amor y reconocer que cada herida, cada cicatriz, es parte de la historia que nos ha llevado hasta donde estamos. Es honrar las marcas del camino, no como símbolos de sufrimiento, sino como testimonios de resistencia, de crecimiento, de una sabiduría que solo se adquiere al atravesar la tormenta. Durante años, intenté escapar de mis propias sombras, convencida de que la fortaleza residía en negar el dolor, en seguir adelante sin mirar atrás. Me refugié en la prisa, en las responsabilidades, en una sonrisa forjada que ocultaba el peso de lo no dicho. Pero la vida, con su ritmo implacable, me enseñó que no se puede construir sobre cimientos fracturados. Así como la tierra necesita ser cultivada con paciencia para dar frutos, el alma requiere tiempo, atención y un amor lo suficientemente grande como para abrazar incluso lo que duele.

Sanar es un acto de valentía, un regreso consciente a los lugares que alguna vez evitamos por miedo a desmoronarnos. Es permitir que el cuerpo hable, que las emociones reprimidas encuentren voz, que las lágrimas caigan sin juicio. En mi propio viaje, descubrí que la curación no era lineal: había días en los que avanzaba con certeza y otros en los que retrocedía, arrastrada por viejos fantasmas. Pero cada caída era también una oportunidad para aprender, para afinar la escucha hacia mí misma. En las mañanas silenciosas de Yucatán, mientras el sol pintaba el cielo de tonos dorados, entendí que sanar no era borrar el pasado, sino integrarlo. Las ceremonias ancestrales me mostraron que el dolor, cuando es compartido con respeto, se transforma en medicina. Las caminatas solitarias me enseñaron que a veces el ruido interno solo se calma al ritmo de los pasos sobre la tierra. Y las noches bajo las estrellas, infinitas y generosas, me recordaron que pertenezco a algo más grande, que mi historia es solo un fragmento de un universo que conspira a favor de la luz.

La medicina se presentó de mil formas: en el canto de un colibrí que parecía susurrar mi nombre, en el abrazo de un extraño que sintió mi dolor sin que yo lo mencionara, en los sueños que llegaban como mensajes cifrados. Pero, sobre todo, llegó cuando dejé de resistirme, cuando acepté que el dolor no era un enemigo, sino un maestro. Sanar para recordar... porque la memoria, cuando es liberada del peso de la culpa o el resentimiento, se convierte en un faro. Comprendí que no estaba aquí solo para acumular conocimientos, sino para limpiar las capas de olvido que me separaban de mi esencia. Y en ese proceso, la mayor revelación fue darme cuenta de que la sanación no era un premio al final del camino, sino el propio camino. Cada día traía consigo pequeñas reconciliaciones: con mi cuerpo, con mis decisiones, con las personas que ya no estaban. Aprendí a soltar lo que no me pertenecía, a perdonar lo que nunca me habían pedido perdón, a honrar incluso lo que parecía insignificante.

Hoy, mis heridas ya no son heridas; son puertas. Cada una me llevó a un lugar más profundo dentro de mí, a un territorio donde el amor propio dejó de ser un concepto abstracto para convertirse en práctica diaria. Bendigo las caídas porque me enseñaron a levantarme con más ternura. Agradezco los momentos de oscuridad porque me hicieron apreciar la luz. Y celebro la mujer que soy ahora, no a pesar de lo vivido, sino gracias a ello. Porque sanar es, al fin, recordar quién fuimos para entender quién somos. Y cuando una mujer se atreve a mirar su historia con honestidad, cuando decide abrazar sus fragmentos rotos y convertirlos en arte, no solo florece ella; florece todo a su alrededor. La sanación es un acto político, un legado. Es la semilla que plantamos para las generaciones futuras, la prueba de que es posible transitar el dolor y emerger con más belleza, más fuerza, más verdad.

Y, sin embargo, la sanación nunca termina. Es un río que fluye dentro de nosotros, cambiando de curso, adaptándose a las estaciones del alma. Hay días en los que el agua corre tranquila, y otros en los que se desborda, arrastrando consigo viejas resistencias. Pero cada vez que nos permitimos sentir, cada vez que elegimos la autenticidad sobre la comodidad, estamos sanando. Incluso en los momentos en los que parece que no avanzamos, incluso cuando el cansancio nos hace dudar, el simple hecho de seguir respirando, de seguir intentando, es un triunfo. Porque sanar no es llegar a una meta, es aprender a habitar el viaje. Es encontrar la paz en medio del caos, la claridad en la confusión, la fe en la incertidumbre. Y cuando una mujer comprende esto, cuando internaliza que su valor no depende de su productividad ni de su perfección, sino de su capacidad de ser humana en un mundo que constantemente le exige ser más, algo se transforma. Ya no busca sanar para ser aceptada; sana porque se acepta. Ya no lucha por ser amada; se ama en el proceso. Y así, en ese círculo sagrado entre el dolor y la liberación, entre el recuerdo y el presente, encontramos nuestro poder. Porque solo cuando una mujer sana, recuerda su verdad. Y cuando recuerda, no solo florece; ilumina el camino para que otras también encuentren su luz.

EL AVISTAMIENTO

enero de 2009

Después de cenar, decidí salir a caminar alrededor de la casa. A pesar del frío intenso, la vista del cielo valía la pena. Todo parecía sacado de una película, una escena de armonía y perfección. Me quedé quieta por unos minutos, contemplando la inmensidad del universo, sintiéndome parte de una creación majestuosa. Mi pecho se llenó de una sensación de éxtasis al mirar hacia arriba. El lugar era realmente hermoso. La paz se filtraba en cada rincón de aquella noche de enero. El cielo, oscuro y profundo, se desplegaba imponente, salpicado de un sinfín de estrellas que brillaban con intensidad, tan cercanas que parecían al alcance de la mano. El aire, impregnado con el aroma fresco del pino, añadía un toque casi místico al momento. Envuelta en mi abrigo, con la bufanda ajustada al cuello, emprendí mi caminata por los alrededores de la casa. Mis ojos volvían al cielo una y otra vez. El firmamento resplandecía como un tapiz infinito de luces titilantes.

Fue entonces cuando algo llamó mi atención. Justo sobre mi cabeza, varias estrellas parecían saltar. Al principio, me llené de asombro y felicidad ante semejante espectáculo. Pero un pensamiento irrumpió en mi mente: "No, esto no es posible. Las estrellas no saltan". Sin embargo, allí estaban. Cuatro de ellas se movían como un yo-yo en las manos de un niño. Mi imaginación comenzó a dispararse. Corrí, sin aliento, hasta la entrada lateral de la casa, donde guardábamos una cámara de video. Entré en la oficina-estudio, la tomé y volví al patio con el corazón latiéndome en la garganta. En mi mente, una súplica: "Por favor, no se vayan. Los terrestres queremos conocerlos".

La emoción me embargaba. Cuando los objetos brillantes comenzaron a danzar frente a mí, encendí la cámara y los grabé. Les hablé con entusiasmo, dándoles la bienvenida a nuestro planeta, como si fueran viejos amigos, como si en realidad ya nos conociéramos.

Todo duró cerca de treinta minutos. Aquellas figuras se veían como cuerdas de energía que se estiraban y encogían mientras saltaban en el aire. No podía sentir más felicidad. Eran reales. Lo que fueran, eran reales. Eran entidades energéticas, quizá enormes, quizá diminutas, capaces de alterar su forma a voluntad. Saltaban con júbilo frente a mí, con la certeza de que no podía hacerles daño. ¿Acaso percibían la vibración de mi voz, la emoción genuina, la admiración que emanaba de mi ser? En aquel momento, todo lo que sentía era amor y paz. Me sentí dichosa, privilegiada por haber sido testigo de semejante espectáculo. Un espectáculo estelar que nunca olvidaré. Desde aquella noche, aunque muchas veces no pueda verlos, sé que siguen ahí.

EN PLENA PANDEMIA Y AVISTAMIENTOS DIARIOS

febrero del 2020

Contábamos con un templo diseñado específicamente para la meditación en grupo, inaugurado aproximadamente meses antes de la pandemia. En ese lugar nos reuníamos amigos y vecinos, hasta que el temor a contagiarse con el virus del COVID provocó que la asistencia disminuyera día a día, llenándome de tristeza. Siempre había tenido la intención de que, al encontrarnos cada jueves, proyectáramos luz sobre el planeta, alcanzando a los enfermos y a aquellos sitios que más lo necesitaban. Esa noche, como tantas otras, me senté a meditar con la intención de continuar irradiando luz, aunque debo confesar que me sentía desanimada. Pensaba que, siendo únicamente mi esposo y yo quienes la proyectábamos, no podríamos emitir la intensidad necesaria para contener la epidemia y ayudar en la sanación de tantos enfermos. Las noticias desde los hospitales eran desalentadoras, y la pérdida de una joven amiga de la familia nos sumió en la desesperanza; ella tenía toda una vida por delante, al menos desde nuestra limitada perspectiva humana.

Mientras meditaba, no podía evitar que de vez en cuando surgieran en mi mente imágenes y pensamientos acerca de la necesidad de ampliar nuestro grupo para incrementar la carga energética. Pasaron algunos minutos, hasta que, de repente, escuché en mi mente una voz masculina y firme que decía: "Los que proyectamos luz y energía somos nosotros, así que no te preocupes, ¡como si no viniera nadie más!" Me volví rápidamente en la silla; no sabía quién me hablaba, pero estaba claro que la voz provenía únicamente de mi interior, con una intensidad abrumadora. Ese instante me hizo comprender cuánta razón tenía esa voz.

Esa noche, regresé a casa abatida y, justo cuando estaba a punto de conciliar el sueño, me encontré de pie en un lugar que no se asemejaba a mi hogar. Sin saber cómo, me despojé de mi cuerpo, como si éste contuviera una cremallera que me permitiera deshacerme de él por completo. Empecé a plegarlo, y la misma voz que había escuchado en el templo volvió a dirigirse a mí: "No te preocupes por eso, no tiene valor", refiriéndose a mi cuerpo que sostenía en mis brazos mientras buscaba un sitio seguro donde dejarlo.

Los humanos primitivos comenzaron a desarrollar habilidades espirituales y a comprender las complejas energías del universo. Esa colaboración resultó clave en la evolución de la conciencia humana, dejando una marca indeleble en nuestro crecimiento espiritual y tecnológico. Los Arcturianos son seres de gran sabiduría y habilidades avanzadas, reconocibles por sus peculiaridades tanto físicas como espirituales. Estas características los han establecido como guías y protectores de diversas civilizaciones en el universo, incluida la Tierra. Apariencia física: Los Arcturianos son altos y delgados, con piel azulada o verdosa. Sus ojos, grandes y almendrados, les permiten ver más allá de lo tangible. Telepatía: Poseen una telepatía altamente desarrollada que les permite comunicarse sin necesidad de palabras, facilitando una conexión directa con las intenciones y pensamientos de otros seres. Sanación energética: Cuentan con habilidades avanzadas en sanación, utilizando la energía cósmica y diversas frecuencias para equilibrar las energías del cuerpo y el espíritu. Sabiduría ancestral: Poseen un profundo conocimiento de las leyes universales y mantienen una conexión íntima con dimensiones superiores, lo que les brinda una perspectiva amplia y multidimensional del universo y de la vida.

Protección galáctica: Actúan como guardianes del cosmos, asegurando que las civilizaciones en desarrollo sigan un camino de paz y armonía, interviniendo cuando la situación lo requiera. Tan pronto como coloqué mi cuerpo plegado sobre una pequeña mesa en aquel lugar, salté como si un resorte me impulsara hacia una nave; todo sucedió en cuestión de segundos. En el interior, la luz era tenue. Observé a quince seres, todos de tono azul. Me sorprendí, pero también sentí una inmensa felicidad: finalmente, estaba entre ellos. Todos eran azules, excepto una mujer, a quien reconocí de inmediato. Era humana, una joven que había conocido en Miami durante una conferencia meses antes. Los seres eran altamente evolucionados y procedían del sistema estelar Arcturus. Conocidos por su profunda sabiduría y espiritualidad, habían dejado su huella en el avance espiritual y tecnológico de la humanidad. En ese instante, no me dirigí a ellos por respeto, temerosa de que mis palabras pudieran ser malinterpretadas o que no todos los seres me comprendieran. Mientras meditaba, se me ocurrió una pregunta: ¿qué color tendría yo si no poseyera un cuerpo? Al observar mis manos, sentí un escalofrío: eran, efectivamente, azules.

Comprendí entonces que yo también era uno de ellos. Pertenecía a la constelación de Arcturus; era arcturiana y sanadora. Los Arcturianos, seres estelares sumamente avanzados, son conocidos por su inmensa sabiduría y espiritualidad, dejando una huella indeleble en el desarrollo espiritual y tecnológico de la humanidad. Este relato explora quiénes son los Arcturianos y la estructura del cosmos. Su sabiduría les permite guiar a otras civilizaciones en su evolución espiritual y tecnológica. La historia de los Arcturianos se remonta a millones de años, a una época en la que alcanzaron la iluminación espiritual y dominaron la tecnología energética. Se cree que estos seres existieron mucho antes de la formación de la Tierra, dedicando su existencia a la exploración y asistencia de otras formas de vida en el universo. Tecnología avanzada: La tecnología de los Arcturianos supera con creces las limitaciones de la tecnología humana actual. Incluye naves espaciales capaces de atravesar dimensiones y dispositivos que manipulan la energía con precisión.

MI ENCUENTRO CON ITXCHEL Y NUESTRA LLEGADA A YUCATÁN

abril de 2023

Dejamos nuestro equipaje en el hotel, ubicado a pocos pasos del parque Santa Lucía en el centro de Mérida, y salimos a la calle. Mientras nos preparábamos para cruzar rumbo a uno de los restaurantes del parque, se acercó a mí un hombre de apariencia maya, de piel oscura, cabello negro y figura delgada. Con rostro amable, me saludó y me dijo que era antropólogo. Sin saber qué responder, solo exclamé: "¡Qué bien! ¿Antropólogo? ¿Y entonces han estudiado el origen extraterrestre del hombre?" Me observó fijamente mientras sacaba de mi bolso el celular, donde guardaba numerosas fotos de avistamientos que se habían presentado desde aquella noche en la que cuatro objetos luminosos aparecieron en el patio de mi casa en Naples, Florida, en una fría y hermosa noche de enero de 2009. Ese suceso marcó un antes y un después en mi vida y en mi comprensión del universo.

Le mostré las imágenes al desconocido, quien las examinó detenidamente. Con amabilidad, pero en voz firme, me dijo: "Es por esto que estoy aquí; he venido a ayudarla". Sorprendida, respondí: "¿Ayudarme a mí? ¿Y de qué manera podría usted hacerlo? ¿En qué necesito ayuda?" El antropólogo maya contestó: "En lo de la energía. Estoy aquí para ayudarla con eso". Permanecí atónita, pensando: "Dios mío, ¿qué está pasando? ¿Cómo sabía este hombre que realizo sanaciones energéticas y que la medicina, en todos sus aspectos, es fundamental para mí?" Me pidió que lo siguiéramos hasta tres calles más allá, donde, desde el parque, señalaba una casa distante con una puerta verde, que sería de gran importancia para mí.

Le seguimos: yo, junto al desconocido que parecía saber mucho acerca de mí; mi esposo, y la señora Marta. Al llegar al lugar y mirar hacia adentro, vi a varios hombres. En particular, uno de origen maya, a quien el antropólogo me señaló desde la puerta diciendo: "Ve, ese hombre te ayudará". Cuando lo miré, me percaté de que él me observaba; notó que hablábamos de él. Mi esposo y mi suegra también entraron, pero el antropólogo maya desapareció repentinamente, como si la tierra se lo hubiera tragado. Estábamos en una tienda de artesanías mayas y, de pronto, me sentí perdida. ¿Cómo le preguntaría al hombre si podía ayudarme, si ni siquiera yo sabía de qué forma él lo haría? Decidí calmarme y traté de explicarle al señor por qué habíamos venido acompañado de ese desconocido, a quien probablemente no volvería a ver. Me acerqué al hombre señalado y le pregunté: "¿Vio al señor que nos trajo?" Él respondió afirmativamente, recordando que aquel hombre lo había indicado con el dedo, pero que no lo conocía. Me sentí aún más desorientada; si no se conocían, ¿cómo podía él ser quien me ayudara? Cuando insistí en saber qué tipo de ayuda me ofrecía, me contestó que no tenía idea de qué estaba hablando.

Finalmente, decidí contarle toda la historia desde el principio y le mostré todas las fotos de las naves que tenía en el celular. El hombre se impresionó tanto al verlas que lágrimas de emoción se deslizaron por sus grandes ojos cafés. Lo abracé y le pedí que no llorara, asegurándole que todo estaba bien. Él me respondió que lloraba de emoción, que yo era un ser especial y que debía llevarme a Nolo. Emocionada, pregunté: "¿Quién es Nolo?" Él explicó que no se trataba de una persona, sino de un lugar situado a 30 kilómetros de Mérida, donde un abuelo maya –que había tenido contacto con seres extraterrestres– vivió experiencias increíbles. Siendo campesino, construyó una réplica de la pirámide de Chichén Itzá en su propio patio en Nolo, siguiendo indicaciones de los seres del espacio. La réplica era tan precisa que, cuando ocurría el equinoccio en la pirámide de Chichén Itzá, se reflejaba el mismo fenómeno en la estructura construida por el abuelo maya Vicente Martin, quien también edificó, por orden de los seres espaciales, lo que me explicaron sería una cama de piedra. Sobre unas piedras lisas en la tierra, dispuestas con una inclinación de 33 grados norte –en alusión a las 33 vértebras de nuestra columna– viajamos en un automóvil junto a cuatro hombres mayas de la tienda de artesanías, mi esposo y yo, durante el fin de semana. Para nuestra sorpresa, fuimos atendidos por un chamán llamado Manuel, sobrino del mismo Vicente Martin, quien en paz descanse. Su amabilidad nos dejó una huella imborrable; hoy mantenemos una hermosa amistad y gran afecto hacia él. Después de dejar ofrendas y concentrar pensamientos, se nos indicó que debíamos expulsar de nuestro destino lo que no nos servía para permitir la entrada de aquello que deseábamos aceptar.

En un estado meditativo, empecé a extraer mentalmente de mi vida aquello que me molestaba y, una vez liberada de lo desagradable, permití que ingresaran las cosas que yo escogiera. Durante una meditación profunda, con una mezcla de alarma y temor, vi que una serpiente grande, de color negro con algunas manchas plateadas, corría hacia mí. La criatura se deslizaba alrededor de la cama de piedra, con su cola hacia mi mano izquierda y su cabeza sobre mi mano derecha; su cuerpo, arqueado, temblaba como una hoja agitada por el viento. Grité: "¡Manuel!", asustada. Él se acercó, con los ojos muy abiertos, y le expliqué: "Manuel, ha aparecido una serpiente larga y negra que me rodea; estoy muy asustada". Con voz serena, me respondió: "Tranquila, no pasa nada; has hecho contacto con Ixtchel". "¿Quién es Ixtchel?", pregunté. Sonriendo, me contestó: "La Diosa Maya de la Medicina, entre muchas cosas. De ahora en adelante, todo lo que harás será sanación". Yo respondí: "Es todo lo que he hecho en mi vida; llevo 45 años practicando Laboratorio Clínico y medicina energética desde que tengo memoria".

Esa noche, ya en el hotel y aún incrédula por lo sucedido, me dediqué a buscar información en internet. Descubrí que la Diosa Maya Itxchel porta una serpiente negra en su cabello, símbolo del conocimiento oculto. Desde ese instante supe, en lo más profundo de mi ser, que la Diosa Maya me había destinado a estar aquí, por razones que aún escapan a mi comprensión. Nací en Cuba, pero mi conexión con Yucatán, el Caribe y Centroamérica está indisolublemente ligada a ella y a los mayas en mis vidas pasadas.

Aunque en esta vida desciendo genéticamente de españoles por ambas ramas familiares, mi alma guarda una memoria más profunda, una historia tejida a través de múltiples encarnaciones. En esta trayectoria espiritual, he habitado cuerpos y culturas distintas: fui parte del mundo chino en una vida anterior, y más recientemente, fui maya. Esta certeza no nace de un deseo ni de una fantasía, sino de una experiencia espiritual vívida y compartida: en la casa que construimos en Mérida, Yucatán, tanto mi esposo como yo presenciamos la aparición de tres pequeños hombres de piel oscura, con taparrabos, pies descalzos y una vara más alta que ellos. No fue una alucinación, sino un reconocimiento del alma. Sentimos una emoción tan honda que lloramos largo rato, conmovidos por algo que no puede explicarse del todo con palabras. Comprendí entonces que esa tierra me reconocía no por mi sangre, sino por mi esencia. El alma, inmortal desde la creación, va encarnando en distintos escenarios según su misión. Y en esta etapa, mi camino espiritual me ha devuelto a un territorio que ya había sido mío, no por herencia biológica, sino por vínculo eterno.

Deseo compartir esta experiencia con todos, con aquellos humanos que, a veces, somos tan necios y arrogantes, olvidando que la Tierra es el escenario en el que interpretamos un papel. Mientras estemos aquí, aprenderemos lo que nos corresponde. Al partir, cuando dejemos atrás la esencia, el espíritu y la energía que es la conciencia, volveremos a ser libres; libres en el infinito, en el cielo, en otra dimensión, según se quiera llamar. Siempre seremos parte de la energía que compone todo, lo más pequeño y lo más grande. Al dejar este cuerpo, que solo nos sirve para habitar esta dimensión temporal, regresaremos a lo que siempre fuimos antes de esta encarnación. Volveremos a ser amor. Esa es la frecuencia del amor de 528 Hz que compone toda la creación, una emanación pura de amor. Si pudiésemos imitar esa creación, seríamos más felices. Hoy he dejado de ser lo que creía ser, con ese sentido de individualidad, para comprender que somos parte del todo, eterno y puro, una energía que, según su misión en esta tercera dimensión, nos llevará a regresar como seres espirituales viviendo una experiencia física. Estoy agradecida por nuestras raíces y por poder ser parte de esta historia.

LA VIDA QUE SEGUIMOS VIVIENDO AÚN DESPUÉS DE LA MUERTE

marzo, 2025

La supra-conciencia, ese concepto que nos quita el sueño, me ha perseguido como una sombra, como algo que se agita en la oscuridad de mi mente cuando la luz del día se apaga. Algo más allá de lo que vemos, más allá de lo que tocamos. A lo largo de mi vida he buscado respuestas con la esperanza de comprender, de encontrar algún sentido a todo lo que somos, a todo lo que vivimos. Pero lo único que he hallado es la incerteza, la sensación de estar caminando en una niebla espesa, sin saber si voy o vengo, sin saber si la vida misma no es más que una breve intermitencia antes de la oscuridad. Y lo peor de todo es que, al comprender algo, se abre otro abismo, una nueva pregunta, y uno sigue sin encontrar un verdadero hogar.

Recuerdo aquella noche en la que todo cambió. Yo estaba en la guardia, en la sala fría de urgencias, escuchando el eco lejano de las máquinas, el murmullo distante de los pasillos vacíos. Formaba parte del equipo médico de esa noche, aunque no soy médico: soy laboratorista. Estudié medicina, es cierto, pero no llegué a graduarme. Aun así, la experiencia y el instinto me colocaron en medio de lo inesperado. El paciente llegó con el rostro marcado por el sufrimiento y el abandono, su cuerpo una marioneta rota. Le observé, y en su pecho no palpitaba el mismo ritmo de vida que uno espera de un hombre. Pero me vi obligado a reanimarlo. Algo me decía que debía intentarlo, que en ese intento encontraría alguna verdad que aún no comprendía. Fue un milagro o una burla del destino: logramos que su corazón volviera a latir. Sí, lo logramos como grupo, pero yo estuve allí, con las manos temblando, entre la ciencia y la intuición. Después, él me habló de lo que vio, de lo que vivió, de lo que fue cuando su alma, por un instante, abandonó su cuerpo. No entendí nada de lo que me decía. Sin embargo, las palabras, las sensaciones, se me grabaron a fuego. Yo, que había estudiado tanto la ciencia, me vi ante algo que no se podía explicar con fórmulas ni diagramas.

Lo que sentí esa noche, lo que leí en los ojos del hombre, me removió como un viento cruel que arrastra las hojas secas. Empecé a preguntarme por qué la muerte no era un final absoluto. Quizá fuera un lugar de transición, un umbral hacia algo más grande que nuestra comprensión terrenal. La mente humana, que se cree dueña de la verdad, no es capaz de concebir la magnitud de la realidad. Y eso me atormentaba. Porque sentí, por primera vez, que había algo más allá del tiempo, algo más allá de la carne que se pudre y de la mente que se desvanece. Me adentré en los estudios, en las experiencias de otros, y cada palabra que leía me acercaba más a la verdad, pero también a la desesperación. La verdad nunca llega, solo se aleja más y más. Es como un río que se pierde entre las montañas, cuyo cauce uno cree conocer, pero que siempre se desvía en otro camino.

Me encontré con los nombres de los grandes que, como yo, se hicieron preguntas, que miraron la muerte y se enfrentaron a la nada, pero no la temieron. Elisabeth Kübler-Ross, Raymond Moody, Eben Alexander... Ellos también hablaron de lo que no se puede ver, de lo que no se puede medir. Y yo me vi perdido entre esas páginas, en un mar de pensamientos que nunca podrían calmar mi alma. ¿Qué sentido tiene, entonces, la vida, si hay algo más allá, algo que no podemos entender? Si la muerte no es más que un paso, un umbral entre dimensiones, ¿cuál es el propósito de todo lo que hacemos, de todo lo que luchamos por conservar? Y me encontré ante la física teórica, ante la inmensa posibilidad de que el universo no sea lo que parece. Los átomos entrelazados, las partículas que se rozan en un espacio imposible. Pensé que quizás la respuesta estaba allí, en esos misterios cuánticos que se niegan a ser comprendidos. Pero, al igual que todo lo demás, esas respuestas son solo una brisa, un suspiro que se lleva todo lo que sabemos. La muerte sigue sin explicarse, como una presencia indomable, como una sombra que nunca termina de desvanecerse.

A veces me pregunto si no será que toda esta búsqueda no es más que un juego, un círculo interminable donde buscamos lo que ya sabemos, pero lo olvidamos a cada paso. Quizá lo más importante no sea comprender lo que pasa después de la muerte, sino entender qué hacemos mientras estamos vivos. Tal vez la vida, con su dolor y sus alegrías fugaces, sea lo único que tenemos y, al mismo tiempo, lo que más nos importa. Todo lo demás, las preguntas, las respuestas, son solo ecos que se desvanecen en la lejanía. Ahora, después de tanto recorrer, después de tanto preguntar, comprendo que no hay respuestas definitivas. Solo queda seguir, seguir viviendo, seguir buscando, mientras el viento nos empuja hacia adelante. Porque la vida, tal vez, no sea más que ese constante caminar entre la niebla, entre la incertidumbre, mientras la muerte espera, paciente, al final del camino.

LA VIDA QUE SEGUIMOS VIVIENDO AÚN DESPUÉS DE LA MUERTE

marzo, 2025

La supra-conciencia, ese concepto que nos quita el sueño, me ha perseguido como una sombra, como algo que se agita en la oscuridad de mi mente cuando la luz del día se apaga. Algo más allá de lo que vemos, más allá de lo que tocamos. A lo largo de mi vida he buscado respuestas con la esperanza de comprender, de encontrar algún sentido a todo lo que somos, a todo lo que vivimos. Pero lo único que he hallado es la incerteza, la sensación de estar caminando en una niebla espesa, sin saber si voy o vengo, sin saber si la vida misma no es más que una breve intermitencia antes de la oscuridad. Y lo peor de todo es que, al comprender algo, se abre otro abismo, una nueva pregunta, y uno sigue sin encontrar un verdadero hogar.

Recuerdo aquella noche en la que todo cambió. Yo estaba en la guardia, en la sala fría de urgencias, escuchando el eco lejano de las máquinas, el murmullo distante de los pasillos vacíos. Formaba parte del equipo médico de esa noche, aunque no soy médico: soy laboratorista. Estudié medicina, es cierto, pero no llegué a graduarme. Aun así, la experiencia y el instinto me colocaron en medio de lo inesperado. El paciente llegó con el rostro marcado por el sufrimiento y el abandono, su cuerpo una marioneta rota. Le observé, y en su pecho no palpitaba el mismo ritmo de vida que uno espera de un hombre. Pero me vi obligado a reanimarlo. Algo me decía que debía intentarlo, que en ese intento encontraría alguna verdad que aún no comprendía. Fue un milagro o una burla del destino: logramos que su corazón volviera a latir. Sí, lo logramos como grupo, pero yo estuve allí, con las manos temblando, entre la ciencia y la intuición. Después, él me habló de lo que vio, de lo que vivió, de lo que fue cuando su alma, por un instante, abandonó su cuerpo. No entendí nada de lo que me decía. Sin embargo, las palabras, las sensaciones, se me grabaron a fuego. Yo, que había estudiado tanto la ciencia, me vi ante algo que no se podía explicar con fórmulas ni diagramas.

Lo que sentí esa noche, lo que leí en los ojos del hombre, me removió como un viento cruel que arrastra las hojas secas. Empecé a preguntarme por qué la muerte no era un final absoluto. Quizá fuera un lugar de transición, un umbral hacia algo más grande que nuestra comprensión terrenal. La mente humana, que se cree dueña de la verdad, no es capaz de concebir la magnitud de la realidad. Y eso me atormentaba. Porque sentí, por primera vez, que había algo más allá del tiempo, algo más allá de la carne que se pudre y de la mente que se desvanece. Me adentré en los estudios, en las experiencias de otros, y cada palabra que leía me acercaba más a la verdad, pero también a la desesperación. La verdad nunca llega, solo se aleja más y más. Es como un río que se pierde entre las montañas, cuyo cauce uno cree conocer, pero que siempre se desvía en otro camino.

Me encontré con los nombres de los grandes que, como yo, se hicieron preguntas, que miraron la muerte y se enfrentaron a la nada, pero no la temieron. Elisabeth Kübler-Ross, Raymond Moody, Eben Alexander... Ellos también hablaron de lo que no se puede ver, de lo que no se puede medir. Y yo me vi perdido entre esas páginas, en un mar de pensamientos que nunca podrían calmar mi alma. ¿Qué sentido tiene, entonces, la vida, si hay algo más allá, algo que no podemos entender? Si la muerte no es más que un paso, un umbral entre dimensiones, ¿cuál es el propósito de todo lo que hacemos, de todo lo que luchamos por conservar? Y me encontré ante la física teórica, ante la inmensa posibilidad de que el universo no sea lo que parece. Los átomos entrelazados, las partículas que se rozan en un espacio imposible. Pensé que quizás la respuesta estaba allí, en esos misterios cuánticos que se niegan a ser comprendidos. Pero, al igual que todo lo demás, esas respuestas son solo una brisa, un suspiro que se lleva todo lo que sabemos. La muerte sigue sin explicarse, como una presencia indomable, como una sombra que nunca termina de desvanecerse.

 A veces me pregunto si no será que toda esta búsqueda no es más que un juego, un círculo interminable donde buscamos lo que ya sabemos, pero lo olvidamos a cada paso. Quizá lo más importante no sea comprender lo que pasa después de la muerte, sino entender qué hacemos mientras estamos vivos. Tal vez la vida, con su dolor y sus alegrías fugaces, sea lo único que tenemos y, al mismo tiempo, lo que más nos importa. Todo lo demás, las preguntas, las respuestas, son solo ecos que se desvanecen en la lejanía. Ahora, después de tanto recorrer, después de tanto preguntar, comprendo que no hay respuestas definitivas. Solo queda seguir, seguir viviendo, seguir buscando, mientras el viento nos empuja hacia adelante. Porque la vida, tal vez, no sea más que ese constante caminar entre la niebla, entre la incertidumbre, mientras la muerte espera, paciente, al final del camino.

CAMBIOS EN LAS PERSONAS QUE HAN VIVIDO EXPERIENCIAS ESPIRITUALES: REFLEXIONES SOBRE LA EVOLUCIÓN INTERIOR Y SU IMPACTO EN LAS RELACIONES HUMANAS

julio, 2025

La experiencia de una transformación espiritual conlleva una profunda reorganización interna que se refleja de manera inevitable en la forma en que una persona se vincula con los demás. Quienes atraviesan este tipo de procesos notan que sus actitudes, valores y percepciones cambian sustancialmente. Se despierta una sensibilidad distinta, una mirada más compasiva y abierta, que genera nuevas maneras de interactuar, comprender y acompañar. Es como si el corazón aprendiera a escuchar de nuevo. A menudo, este despertar espiritual va acompañado de una mayor empatía hacia el sufrimiento y la alegría de los otros. Ponerse en el lugar del otro deja de ser un esfuerzo moral para convertirse en un reflejo natural. La escucha se afina, se vuelve atenta y sincera. Disminuye el impulso de juzgar, de corregir, de clasificar.

El juicio se diluye en una comprensión más profunda de la fragilidad y el misterio de lo humano. El cambio también toca la percepción misma de los demás: se miran los rostros con otra luz, sin filtros de comparación ni etiquetas. La necesidad de competir o evaluar desaparece. Cada ser comienza a ser visto como un mundo en sí mismo, digno de respeto, con su propio camino y sus propias heridas.

La transformación espiritual incluye, a menudo, una revisión radical del perdón. Se aprende a soltar rencores no desde la resignación, sino desde una libertad nueva. Perdonar se vuelve una forma de desatar nudos internos, de liberar espacio para algo más amplio y amoroso. Incluso se aprende a perdonarse a uno mismo, a dejar de exigir perfección y a reconciliarse con la propia historia. Este proceso conduce a una redefinición de las relaciones: ya no se buscan vínculos por utilidad o por costumbre, sino conexiones auténticas que nutran el alma. Se privilegia la presencia sobre la cantidad, la verdad sobre la apariencia. Se comienza a distinguir qué relaciones expanden y cuáles oprimen, y con ello nace también el valor de alejarse de lo que daña, sin rencor, pero con claridad.

El despertar espiritual despierta también un deseo genuino de servir. Ya no se ayuda desde el deber o la culpa, sino desde una gratitud que quiere compartirse. La solidaridad se vuelve silenciosa, concreta, cotidiana. Uno se vuelve más generoso, no por demostrar bondad, sino porque la compasión se vuelve el lenguaje natural del alma. Con ello, también cambian las formas de enfrentar los conflictos. Se reemplaza la reacción por la pausa, el impulso por la observación. No se busca tener la razón, sino comprender. La reconciliación deja de ser una meta inalcanzable para convertirse en parte del camino, siempre y cuando no implique renunciar a la verdad interior. Sin proponérselo, quienes transitan esta senda se convierten en inspiración para otros. Su serenidad, su forma de habitar el mundo, su luz discreta, invitan a otros a preguntarse por su propio rumbo. Su presencia transmite paz y confianza en que es posible cambiar sin perder la esencia, y en ocasiones, ese cambio interior los lleva a convertirse en guías, faros suaves en medio del ruido. Sin embargo, este viaje no está exento de desafíos.

No todos comprenden el cambio. Puede haber distanciamiento, incomodidad o incluso rechazo por parte de quienes no comparten esta nueva visión. Aprender a respetar el ritmo ajeno, a no imponer ni defenderse, es también parte del aprendizaje. El proceso exige paciencia, humildad y, a veces, la disposición de caminar en soledad por un tiempo. Pero con el tiempo, esa soledad se puebla de presencia interior y de relaciones más afines, más verdaderas. En muchos casos, este despertar no es únicamente interior ni humano. Algunas personas relatan experiencias de contacto con inteligencias no humanas, presencias alienígenas que irrumpen sin previo aviso y que transforman radicalmente su sentido de realidad. Ser contactado por seres de otros mundos produce una mezcla de asombro, temor y expansión que no puede compararse con nada conocido. No se trata solo de encuentros visuales o físicos, sino de comunicaciones profundas, telepáticas, vibracionales, que alteran la percepción del tiempo, del cuerpo, del ego. En estos encuentros, muchas personas sienten una conexión directa con la conciencia universal. La experiencia puede sacudir las bases de la identidad, generar crisis y reacomodos, pero también puede traer un sentimiento de amor inconmensurable, de pertenencia cósmica. El ser se expande más allá de la Tierra y comprende que hay una red invisible de vida e inteligencia que sostiene todo. Este tipo de contacto, lejos de fomentar la evasión o el aislamiento, suele profundizar aún más el compromiso con el planeta, con la humanidad, con la justicia y con el cuidado de la vida en todas sus formas.

Así como una flor se abre al sol, el alma se abre a dimensiones que no sabía que existían. Y desde ahí, todo cambia. La percepción de la vida se ensancha. Se siente la unidad con la naturaleza, con las personas, con los ritmos del universo. Se vuelve imposible herir sin herirse. Se vuelve imposible callar lo verdadero. Cambia el lenguaje, la forma de comunicarse, el deseo mismo de vivir. Aparecen nuevas preguntas, nuevas formas de gratitud, una creatividad inusitada y una alegría serena que brota de saberse parte de algo mucho mayor. Finalmente, quienes transitan esta senda sienten un impulso profundo de compartir lo que han descubierto. No para convencer, sino para ofrecer.

Lo aprendido se convierte en servicio. La luz interior se vuelve guía y consuelo. Y entonces, la transformación espiritual ya no es una meta ni un estado especial: es un camino permanente de apertura, compasión y expansión del ser. Un viaje silencioso que, sin embargo, toca todo lo que rodea. Un viaje que, incluso en su misterio, deja huellas visibles de amor en el mundo.

EL AMOR INCONDICIONAL: ESENCIA, RETOS Y MARAVILLAS

El amor incondicional es una de las fuerzas más poderosas y misteriosas que atraviesan la experiencia humana. No se presenta como un simple sentimiento, sino como una forma de entrega profunda, libre de ataduras, expectativas o condiciones. A diferencia de otros afectos, el amor incondicional se sostiene incluso cuando cambian las circunstancias o el comportamiento de la persona amada. Se manifiesta como un compromiso que trasciende logros, apariencias y méritos; una elección sostenida por la aceptación total del otro.

Este tipo de amor no espera retribución ni exige requisitos para manifestarse. Es una expresión pura de presencia y cuidado, donde lo importante no es lo que se recibe, sino el simple acto de amar. Se mantiene firme ante los desacuerdos, el desgaste del tiempo o incluso la distancia. Puede darse en diversas relaciones: entre madres, padres o personas cuidadoras y sus hijas e hijos, en amistades que perduran pese a las tormentas, en parejas que han superado juntos pruebas difíciles o incluso en el vínculo más íntimo: el que cada persona establece consigo misma.

Una de las formas más universales y reconocibles del amor incondicional es la que surge en la crianza. Desde el nacimiento, muchas personas adultas experimentan una entrega profunda hacia las criaturas que cuidan, alimentando una conexión que no depende de logros, personalidad o comportamiento. Esta devoción no necesita ser ganada ni probada: simplemente existe, como una certeza interna. En la amistad también florece este tipo de amor cuando, pese a errores o silencios prolongados, dos personas se siguen eligiendo sin exigencias. Lo mismo ocurre en relaciones amorosas que han sabido reinventarse desde la comprensión, la ternura y la resiliencia.

A diferencia del amor condicionado, que suele expresarse con frases como "te amo si haces esto" o "te quiero mientras seas de cierta manera", el amor incondicional proclama: "te acepto tal como eres, incluso cuando no cumples mis expectativas". Sin embargo, este tipo de amor no implica tolerar abusos o perder la dignidad propia. Amar incondicionalmente es también saber cuándo alejarse por respeto al propio bienestar, sin dejar de valorar la humanidad del otro. Se trata de un equilibrio entre entrega generosa y límites firmes, donde el afecto no se disuelve ante el conflicto, pero tampoco se convierte en sometimiento.

Practicar el amor incondicional conlleva desafíos importantes. Requiere una paciencia inusual, una empatía profunda y una disposición constante al perdón. En ocasiones, amar sin esperar nada a cambio puede ser doloroso, sobre todo cuando no hay reciprocidad o cuando la otra persona hiere o se aleja. Por eso, este amor exige una fortaleza interior que no nace de la dureza, sino de la compasión. También plantea el reto de no perderse a una misma en el intento de sostener al otro. El verdadero amor incondicional parte de una autoestima sana, que permite brindar afecto sin anular la identidad propia.

Una dimensión esencial, aunque a veces olvidada, del amor incondicional es el auto-amor. Amar sin condiciones empieza por aprender a tratarnos con respeto, paciencia y compasión. Implica aceptar los propios errores sin caer en el desprecio, reconocer las virtudes sin arrogancia y entender que el crecimiento personal es un proceso lleno de caídas y aprendizajes. Quienes se aman a sí mismas de forma incondicional suelen estar mejor preparadas para amar a otras personas sin exigencias ni carencias disfrazadas de afecto. El auto-amor no es egoísmo, sino la raíz de vínculos sanos y auténticos.

Los beneficios del amor incondicional son tan profundos como transformadores. Vivir desde esta forma de afecto permite cultivar una empatía genuina, al dejar de lado los juicios y conectar con la esencia del otro. Favorece relaciones más duraderas, que pueden superar crisis y malentendidos, y reduce el miedo al rechazo, ya que saber que se es amado sin condiciones genera una seguridad emocional difícil de quebrantar. Además, fomenta el crecimiento personal, ya que implica humildad, resiliencia y una disposición constante al aprendizaje emocional.

El amor incondicional ha sido explorado y exaltado en múltiples tradiciones espirituales y filosóficas. En la filosofía griega, el término ágape designa un amor desinteresado y universal, que no busca posesión sino comunión. Las grandes religiones han sostenido principios similares a través de la compasión, el perdón y la entrega. También en el arte, la literatura y la música, este amor se presenta como una fuerza capaz de superar cualquier adversidad. Las narrativas de sacrificio, lealtad y perdón que encontramos en tantas obras no hacen sino recordarnos su poder sanador y transformador. Algunas formas de nutrirlo incluyen escuchar con atención genuina, sin juzgar ni interrumpir; practicar el perdón entendiendo que todas las personas cometen errores; comunicar los propios límites con claridad y amabilidad; y ser generosa con el tiempo y el afecto, reconociendo el valor de los pequeños gestos.

Amar de esta manera implica crecer, aprender y evolucionar, tanto en relación con otras personas como en la relación con una misma. Quienes cultivan este amor descubren una fuente inagotable de paz interior. El mundo necesita más de este afecto paciente, resiliente y empático, que no se deja llevar por el capricho ni por la recompensa inmediata, sino que se ancla en una voluntad profunda de cuidar, comprender y acompañar. Este amor no es ciego ni ingenuo: sabe reconocer los límites, establecer distancias cuando es necesario y sostenerse incluso en el desapego. Se trata de una práctica valiente, que exige reaprender lo que creemos saber sobre el afecto. En lugar de condicionar el cariño a lo que el otro hace o deja de hacer, propone una mirada que ve más allá del error y se conecta con la humanidad esencial del otro. Así, la vulnerabilidad se convierte en fortaleza, y el dar se transforma en una forma de plenitud.

Cultivar el amor incondicional inspira a construir comunidades más justas y compasivas, donde cada persona se sienta libre para ser auténtica. Cada gesto de comprensión, cada acto de cuidado silencioso, cada esfuerzo por ver más allá de las diferencias contribuye a un entorno más humano. Apostar por este amor es un acto de transformación colectiva, donde se reconocen tanto la belleza como la complejidad de lo que compartimos. El amor incondicional no es un ideal lejano ni un privilegio de unas pocas almas iluminadas. Es una posibilidad presente en cada acto cotidiano: en una palabra, amable, en la paciencia frente al error, en el respeto por el silencio del otro. Implica desaprender viejos patrones y abrirse a nuevas formas de mirar, de escuchar y de estar presentes. Requiere el coraje de aceptar la imperfección, la disposición de aprender y la humildad para cambiar.

En última instancia, el amor incondicional nos invita a abrazar la vida con generosidad y confianza. A celebrar la diversidad que nos enriquece como comunidad. A recordar, una y otra vez, que la ternura, el cuidado y la aceptación son caminos hacia una existencia más luminosa. Si cada persona siembra al menos un acto de amor sin condiciones en su entorno, el mundo será, sin duda, un lugar más amable, más esperanzador, más humano. Que este recordatorio inspire gestos auténticos, y que la búsqueda del amor incondicional siga iluminando el sendero de quienes eligen abrir el corazón ante la maravillosa complejidad de lo compartido.

LOS SIGNOS DEL CIELO: LUCES, PLATILLOS Y SABIDURÍA CÓSMICA

No todos los mensajes provienen de la Tierra. Algunos llegan desde lo alto, como destellos en la noche, como vibraciones que recorren la piel o como señales que solo el alma comprende. Fue en esa casa consagrada, bajo el cielo estrellado de Nolo, donde las luces comenzaron a aparecer de nuevo. Mientras tanto, aquí en Florida, siempre han estado presentes: volando sobre los árboles de mi patio, danzando en el firmamento como estrellas guardianas que velaban por mí. Su luz iluminaba mi corazón con la dicha de reencontrarlas, como si fueran viejas compañeras de un viaje eterno. La primera vez que vi un platillo luminoso flotando sobre mi patio, algo en mi interior se expandió. Una alegría profunda me invadió al comprender que venían a verme, que no me habían olvidado. Para mí, ellos también eran especiales, como parte de un pacto antiguo que mi alma recordaba. Eran luces suaves, amorosas y juguetonas, moviéndose con propósito. A veces se detenían, como saludando; otras, cruzaban el cielo a toda velocidad en silencio. Sabían que eran bienvenidos, que los recibía con los brazos abiertos. Siempre los he sentido como mi familia estelar, y así los he amado.

En dos ocasiones, fui llevada a bordo de su nave en estado de conciencia plena, pero sin temor. Así conocí a los seres que me acompañan: los arcturianos, entidades azules de elevada espiritualidad, especializadas en sanación. Ahora comprendo por qué dediqué tantos años a la medicina y a curar. Al llegar a la tierra maya, Ixchel se hizo presente en Nolo, confirmando mi camino. Fue allí donde su serpiente sagrada se enrolló alrededor de mi cuerpo, trazando un semicírculo protector sobre la cama de piedra. Con amor, acepté que soy una mujer medicina, una más entre las muchas que honran Yucatán.

RAZONAMIENTO, VERDAD Y CIENCIA: UN CAMINO CON CORAZÓN

El conocimiento debe ser una búsqueda equilibrada entre la razón y el sentimiento, entre la verdad científica y la sabiduría del corazón. Para mí, no basta con analizar lo que está al alcance de la mente; es esencial entregarse por completo, con devoción y amor. Cada descubrimiento, cada enseñanza, debe ser recibido no solo con curiosidad intelectual, sino con el alma abierta, porque la verdad más profunda trasciende lo tangible y se manifiesta en esa conexión sagrada entre lo que comprendemos y lo que simplemente sabemos.

Hay tanto que deseo compartir mi gratitud infinita a esta tierra sagrada de Yucatán, tan cercana a mi corazón y a mi esencia. A mis hermanas y hermanos mayas, cuya nobleza y generosidad han sido un faro en mi camino. Su historia ancestral resuena en mí como un eco de vidas pasadas, como si mi alma hubiera caminado antes por estas tierras del Caribe, donde dicen que he vuelto una y otra vez. Por eso, al pisar por primera vez este suelo, no sentí la incertidumbre de lo desconocido, sino la calidez del regreso. Fue como llegar a casa, abrazada por la memoria de la tierra y el amor de un pueblo que, aunque no nací en él, siempre ha sido mío.

Serviré a esta tierra con la misma entrega con la que honro mi propia existencia, porque en el servicio está la verdadera realización. Como decía el apóstol José Martí: "Honrar, honra". Y es así: al honrar a los demás, nos honramos a nosotros mismos; al dar amor, recibimos amor multiplicado.

LA VOZ DEL CORAZÓN: LA BRÚJULA INVISIBLE

En los momentos de mayor incertidumbre, cuando la mente se nubla con preguntas y el camino parece difuminarse, aprendí que la respuesta nunca está en el ruido externo, sino en el silencio interno. Bajé la cabeza hacia el pecho y escuché. Allí, en ese espacio sagrado, latía la guía más antigua y sabia: la voz del corazón. No esa que se confunde con los miedos o las expectativas ajenas, sino la que susurra con firmeza, la que no razona, pero sabe, la que no exige, pero transforma. Durante años, buscamos respuestas en maestros, libros y señales externas, ignorando que el verdadero guía ya habita dentro de nosotros. Solo requiere humildad para ser escuchado. En mi peregrinaje por tierras sagradas, esa voz se hizo cada vez más clara: me hablaba en la brisa que acariciaba mi rostro, en el canto de los pájaros al amanecer, en ese estremecimiento del alma que solo aparece cuando algo es verdadero. La voz del corazón no siempre es cómoda; a veces nos pide soltar lo seguro, enfrentar lo que hemos negado o adentrarnos en lo desconocido. Pero siempre, siempre, nos conduce a nuestra esencia.

Ser mujer medicina no significa tener todas las respuestas, sino aprender a discernir esa voz en medio del caos. Es confiar en esa brújula interna que vibra cuando algo está alineado con nuestro propósito. Fue ella la que me guio a Yucatán, la que me presentó a Ixchel, la que me permitió reconocer a la serpiente sagrada como parte de mi camino. Es recordar que nuestro cuerpo es un templo, nuestra sangre una medicina y nuestra voz un instrumento divino. Durante siglos, lo femenino fue silenciado, separado de la tierra y de su poder cíclico. Pero esa herida está sanando. Hoy, ser mujer medicina es ser parte de esa reconexión, es honrar la intuición y la sensibilidad como actos revolucionarios.

SANACIÓN FEMENINA: RITUALES DE RECONEXIÓN CON LA TIERRA

La sanación femenina no se limita al cuerpo físico; es un viaje hacia lo emocional, lo espiritual y lo ancestral. Es reconciliarnos con nuestros ciclos, con los elementos que nos componen y con las memorias que llevamos en la sangre. En cada ritual que guío, invoco a los cuatro elementos sagrados: el agua que purifica y fluye como nuestras emociones, el fuego que transforma y renueva, el aire que lleva nuestras plegarias y el viento que libera, y la tierra que nos sostiene con su abrazo infinito. Cada uno refleja una parte de nosotras, y al armonizarlos, recordamos quiénes somos. Uno de los rituales más poderosos que comparto es la siembra lunar: bajo la luz de la luna nueva, escribimos en papel aquello que deseamos sanar o liberar y lo enterramos como una semilla simbólica, confiando en que la Madre Tierra lo transmutará en algo nuevo. También realizamos baños de flores para limpiar el aura, sahumerios con hierbas sagradas y círculos de palabra donde las mujeres recuperan su voz. Porque sanar lo femenino es sanar el mundo: es alzar los corazones, entonar los cantos olvidados y danzar bajo la misma luna que iluminó a nuestras ancestras.

Los espíritus ancestrales nos llaman a volver a la sencillez, al amor que no pide nada a cambio, a perfumar nuestros cuerpos con flores de esperanza. En este camino, cada mujer avanza a su ritmo, pero todas compartimos el mismo propósito: transmutar el dolor en sabiduría y el silencio en canto. Porque cuando una mujer se reconcilia con su esencia, irradia una luz que sana no solo su linaje, sino la tierra entera.

LOS OVNIS, MIS ETERNOS COMPAÑEROS

Desde aquella noche del 9 de febrero de 2009, los ovnis se convirtieron en una presencia constante en mi vida. Caminaba por el patio de mi casa en Florida, bajo un cielo despejado y brillante, repleto de estrellas que parecían invitarme a no apartar la mirada. Entre los árboles, mientras admiraba aquel espectáculo celestial, algo cambió. Cuatro puntos de luz, que en un principio confundí con astros, comenzaron a moverse con vivacidad, saltando en el firmamento como si intentaran llamar mi atención. No sentí miedo, sino una alegría pura, como la de un niño que recibe el regalo más anhelado. Siempre había creído que no estábamos solos en el universo, y esa noche, por fin, tenía la confirmación.

Los objetos se acercaron en una danza hipnótica, estirándose y contrayéndose como cintas elásticas luminosas. Era un espectáculo inolvidable, el inicio de una conexión que perduraría por años. A partir de entonces, cada noche salía al patio con mi cámara, esperando su llegada. Durante el día, eran invisibles, meras energías transparentes, pero en las grabaciones aparecían con claridad, como si jugaran a esconderse. Volaban sobre mí, y aunque no podía verlos, sentía su presencia, como el aleteo rápido de aves invisibles. Con el tiempo, acumulé cientos de fotografías y videos, pruebas tangibles de una amistad que trascendía lo terrenal.

UN VIAJE INTERRUMPIDO

Una noche, mientras dormía, tuve la certeza de que algo extraordinario estaba por ocurrir. Soñé que me elevaba hacia el cielo, impulsada por una fuerza desconocida, acompañada por un estruendo que resonaba en mis oídos. De pronto, me encontré dentro de una nave alargada, similar a un avión, con ventanas laterales que permitían vislumbrar el exterior. No sentí temor, solo una tranquilidad absoluta, como si supiera que estaba en buenas manos. La nave descendió cerca de una playa, balanceándose suavemente sobre las olas, hasta que, de repente, comenzó a sumergirse en el mar. El pánico me invadió. Grité, convencida de que moriría ahogada, y en ese instante, desperté en mi cama, el corazón acelerado. La experiencia había sido tan vívida que me costó distinguir el sueño de la realidad. Años después, durante la pandemia, volvería a encontrarme con ellos, esta vez en circunstancias aún más reveladoras.

Los seres azules
En medio de la crisis sanitaria, mientras meditaba en el templo que mi esposo y yo habíamos construido, una voz resonó en mi mente: "Aquí los que irradiamos luz somos nosotros". La afirmación me pareció arrogante, pero esa noche, en sueños, me vi frente a una mesa, intentando desprenderme de mi cuerpo físico. Una voz masculina me tranquilizó: "No te preocupes, el cuerpo no tiene valor". En un abrir y cerrar de ojos, me encontré dentro de una nave, rodeada de seres azules. Eran altos, serenos, y emanaban una paz profunda.

Entre ellos reconocí a una mujer que había visto antes en una conferencia. Me miré las manos y descubrí que también eran azules. En ese momento, comprendí que mi vocación como sanadora tenía un origen más profundo. Tal vez, como ellos, era un espíritu de Arcturus, destinada a curar no solo cuerpos, sino almas.

LA SABIDURÍA ARCTURIANA

Los arcturianos son seres de luz, sanadores cósmicos que operan desde el amor incondicional. Su tecnología no solo abarca lo físico, sino también lo espiritual, utilizando frecuencias vibratorias para armonizar el universo. Trabajan en silencio, guiando a la humanidad hacia una evolución colectiva. Tras aquel encuentro, contacté a David Miller, un canalizador argentino vinculado a estos seres, quien me ayudó a activar en Florida una Ciudad Planetaria de Luz, un espacio protegido energéticamente.

Hoy, en nuestro templo dedicado a Kuan Yin, la diosa de la compasión, seguimos irradiando amor, porque, al final, esa es la verdadera misión: sanar mediante la frecuencia más poderosa del cosmos. El amor.

LA CONEXIÓN ENTRE LOS MAYAS Y LOS SERES INTERPLANETARIOS

Bajo el cielo infinito de Yucatán, donde las pirámides mayas se alzan como puentes entre la tierra y las estrellas, late un misterio ancestral: la profunda conexión de esta civilización con seres de otros mundos. Desde tiempos inmemoriales, los códices, los observatorios astronómicos y los mitos tejidos alrededor de Ixchel —la diosa lunar, tejedora de destinos y mensajera de lo divino— sugieren un diálogo silencioso con inteligencias más allá de nuestro planeta. No se trata solo de leyendas; es una cosmovisión que entiende el cosmos como un hogar compartido, donde cada estrella es un ojo que nos observa y cada eclipse, un mensaje cifrado.

Los mayas no solo midieron el tiempo con precisión asombrosa, sino que interpretaron el firmamento como un mapa de encuentros posibles. Sus sacerdotes astrónomos no veneraban astros distantes, sino que conversaban con ellos. Hoy, en ceremonias bajo la luna llena, los guardianes tradicionales aún invocan a los "abuelos cósmicos", esos seres de luz que, según la tradición, llegaron desde Orión, las Pléyades o Arcturus para sembrar conocimiento. Ixchel, con su manto plateado, sigue siendo la mediadora: en sueños y visiones, sus hilos de luz conectan a los elegidos con verdades que trascienden lo humano.

IXCHEL Y LA SERPIENTE SAGRADA: EL ABRAZO DE LA DIOSA

En el corazón vibrante de Yucatán, donde la Tierra aún susurra los secretos de las abuelas mayas, viví uno de los encuentros más sagrados de mi existencia. Fue allí, en medio de una vegetación densa y cálida, donde la Diosa Ixchel se me reveló no solo como un símbolo, sino como una fuerza viva, consciente, amorosa y profundamente protectora. No fue con palabras ni con imagen humana. Fue con la presencia majestuosa de una serpiente. Una serpiente negra, luminosa, de ojos profundos e inmóviles como estrellas antiguas. No sentí miedo. Al contrario, fue como si el alma reconociera una promesa antigua: un reencuentro sellado desde antes de los tiempos.

La serpiente no se deslizó con sigilo, sino con poder y decisión. Salió de entre la hierba y corrió hacia mí, no para atacar, sino para abrazar. Rodeó mis pies primero, luego mis piernas, subiendo lentamente hasta envolver mi torso, como si quisiera recordarme algo olvidado. Y entonces, en el instante en que su cuerpo cálido y vibrante me rodeó por completo, sentí que mi corazón se abría como una flor bajo el sol.

Sentí su energía maternal, sabia, antigua. Era Ixchel. Era su espíritu manifestado en la forma de su guardiana. Era la serpiente protectora, la medicina ancestral que viene a despertarte cuando has sido llamada. Era la confirmación de que mi alma tenía un propósito en esa tierra. Escuché su voz no con los oídos, sino con el alma: "Eres hija de la Tierra, sembradora de luz, portadora de mi medicina. La serpiente no te teme, te reconoce. Te protege porque eres parte de mí."

Lloré. No por tristeza, sino porque algo sagrado se había completado dentro de mí. La serpiente me soltó lentamente y volvió a perderse entre las plantas. Pero desde entonces, ya no me he sentido sola. Porque sé que la Diosa camina conmigo, me envuelve con su sabiduría, me cuida con su serpiente y me guía con su amor. Desde aquel día, soy Mujer Medicina al servicio de Ixchel. Y cada paso que doy en la Tierra Sagrada es un canto de gratitud a la Diosa que me abrazó con su Serpentaria Divina.

El alma como sentido de superación y aprendizaje. Comprendí, entonces, que el alma no es solo refugio, sino también maestra. Cada desafío, cada sombra y cada herida en el camino no eran obstáculos, sino oportunidades para recordar mi linaje sagrado y abrazar la transformación. Porque la superación no nace del rechazo a la oscuridad, sino del diálogo amoroso con ella. Aprendí que el aprendizaje profundo florece cuando me permito ser vulnerable ante el misterio, cuando escucho el susurro de la serpiente en los momentos de silencio interior.

Desde ese despertar, miro mis pasos con humildad y valentía. Reconozco en las dudas semillas de sabiduría, y en los tropiezos, el pulso de la Tierra invitando a volver a levantarme. Ser Mujer Medicina es aprender a sanar las propias cicatrices para poder extender la mano a quienes buscan su propio reencuentro. Así, el alma se convierte en fuego y río, en raíz y vuelo, tejiendo con cada experiencia la memoria sagrada de quienes vinieron antes y de quienes vendrán después. En el abrazo de la Diosa, entendí que el verdadero sentido de vivir es danzar con el misterio, agradecer cada renacimiento y sostener la luz aún en los días más densos. Porque al final, como la serpiente, todas las personas estamos llamadas a mudar la piel del miedo para iluminar el sendero de la vida, renovándonos en cada ciclo, recordando que somos eternamente parte de la medicina de la Tierra.

Hoy se conoce la medicina vibracional, cada parte del cuerpo vibra a una frecuencia y en ella va sanación porque te centra en la vibración del órgano que este deficiente de ella. Ya conocemos que en muchos países practican la terapia vibracional, para equilibrar el cuerpo a su estado perfecto de equilibrio a nivel energético La sanación vibracional y energético de los ancestros Maya para que comprendamos hoy más que nunca su sabiduría y conocimiento que hoy ya se utiliza como algo nuevo y que ayuda mucho.

En la cosmovisión Maya, la energía vital es entendida como un flujo sagrado que entreteje todas las formas de vida. Las personas guardianas del conocimiento ancestral sabían que cada ser, cada planta y cada piedra emite su propia vibración, y que estas frecuencias podían alinearse o desarmonizarse. A través de rituales, cantos, uso de instrumentos como caracoles, tambores y maracas, así como el trabajo con plantas sagradas y rezos, las y los sanadores equilibraban el campo energético de quienes acudían en busca de ayuda.

La medicina vibracional Maya no era solo curación del cuerpo, sino del espíritu. Se reconocía la importancia del corazón como el centro de la energía, el punto donde lo humano y lo divino se encuentran. Mediante ceremonias, se invocaba a los elementos—tierra, agua, fuego y viento—y se pedía permiso a las fuerzas invisibles para restablecer el orden natural. Esta sabiduría, transmitida de generación en generación, enseña que la sanación es un proceso de reconexión: con una misma, con la comunidad, con la Madre Tierra y con el linaje de quienes caminaron antes. Hoy, al redescubrir estas prácticas, comprendemos que el verdadero equilibrio surge cuando honramos el pulso antiguo que aún vive en las células, y cuando permitimos que la vibración de la memoria ancestral despierte en nosotras la conciencia de ser parte de un todo sagrado. Así, cada acto de sanación vibracional rinde homenaje a la sabiduría Maya y teje un puente entre el pasado y el presente, recordándonos que la medicina más profunda es la que nace del amor y el reconocimiento de nuestra propia divinidad.

Al honrar este legado, surge una responsabilidad profunda: ser puente entre el conocimiento antiguo y las necesidades del presente. La medicina vibracional, leída a la luz de los Mayas, nos invita a sintonizar con la melodía interna de nuestro ser, escuchando las señales sutiles con las que el cuerpo y el alma dialogan cada día. No se trata solo de restaurar el equilibrio perdido, sino de aprender a vivir en coherencia con el ritmo de la naturaleza, comprendiendo que todo en la existencia está interconectado a través del hilo invisible de la energía.

En estos tiempos, en que la desconexión y el ruido amenazan el bienestar, la sabiduría de los antiguos nos recuerda la importancia de los rituales sencillos: una palabra amable, el sonido de un tambor que marca el latido del corazón, la caricia del viento en la piel, el silencio compartido en círculo. Son gestos sagrados que reaniman la memoria de lo esencial y abren espacio para el autoconocimiento y la sanación colectiva. Así, abrazar la medicina vibracional no es únicamente volver la vista atrás, sino sembrar futuro. Es recordar que cada persona porta en su interior la chispa del linaje que la antecede, y que, al vibrar en armonía, contribuimos a la restauración del tejido sagrado de la vida. La medicina se renueva y se expande, guiándonos hacia un reencuentro amoroso con nuestra propia naturaleza y con el gran misterio que nos envuelve. A Mujer Medicina del linaje de la diosa Ixchel esta conectada por la energía espiritual ancestral, del conocimiento de plantas y cantos, ritos y sonidos vibratorios que despiertan en nosotros la divina naturaleza de la que somos parte

Las enseñanzas ancestrales nos llaman a abrir los sentidos y a confiar en la sabiduría intuitiva que brota cuando silenciamos el ruido del mundo externo. Así, la vibración de una canción ritual, el aroma de una planta sagrada, la textura de una piedra antigua, se convierten en medicina viva, despertando memorias dormidas y trayendo consuelo a las heridas del alma. Ser portadoras y portadores de este legado implica también un acto de entrega: dejarse transformar por la energía que fluye a través de la palabra, la intención y el gesto consciente. Es reconocer que el verdadero poder de la sanación brota del vínculo que tejemos con el linaje de quienes han caminado antes y con quienes caminarán después, honrando siempre la infinita red de relaciones que sostiene la vida.

En cada ceremonia, en cada rezo compartido y en cada acto de gratitud, se revela el misterio renovador de la vibración: un recordatorio sutil de que estamos hechos de la misma materia que la tierra, el agua, el viento y el fuego, y que, al danzar con su energía, nos reconocemos e hijos de la creación, guardianes de la llama sagrada que nos fue confiada. Así, la medicina vibracional, enraizada en la tradición Maya y expandida a nuestros días, nos invita a abrazar el presente con el corazón abierto y la consciencia despierta, sabiendo que cada latido y cada respiro son una oración viva, una promesa de sanación y un pacto amoroso con la vida que nos habita.

Aceptar este llamado es, al mismo tiempo, un acto de humildad y valentía. Es mirar hacia el horizonte de lo cotidiano con nuevos ojos, percibiendo la magia que se esconde en el susurro de las hojas, en el destello fugaz de una luciérnaga o en el eco de la voz interior que susurra, desde lo profundo, el camino del retorno. La medicina vibracional nos recuerda que cada pensamiento, cada palabra y cada acción tienen una frecuencia, una resonancia que se extiende más allá de lo visible y afecta la trama de la existencia. Al integrar esta conciencia en la vida diaria, aprendemos a ser guardianes del equilibrio, cultivando pequeños rituales que honran el ciclo de la luna, la danza del sol y el fluir de las estaciones. Nos volvemos cómplices del misterio, escuchando la voz de la intuición y la guía de los sueños, dejando que la energía de los ancestros hable a través de símbolos, cantos y silencios. En comunidad, cada ceremonia se transforma en un tejido vivo donde se entrelazan las experiencias, los aprendizajes y las oraciones de quienes buscan sanarse y sanar el mundo. Así, cada círculo, cada canto compartido y cada lágrima transformada en gratitud son ofrendas que alimentan el fuego sagrado, sosteniendo la promesa de un renacer colectivo.

Ser parte de esta medicina es abrazar la vulnerabilidad y la fortaleza, el dolor y la alegría, sabiendo que todo es parte del mismo pulso universal. Es recordar que, al honrar nuestras raíces y abrir el corazón a la sabiduría antigua, sembramos semillas de esperanza para las generaciones venideras, renovando el compromiso de vivir en armonía con la Tierra y con el misterio que nos envuelve. Las hojas de los árboles colmados de energía sanadora son usadas para cargar energéticamente nuestro cuerpo en la enfermedad cuando andamos más débiles y drenados de la fuerza vital de la tierra.

En las hojas de las plantas hay vida, son como baterías que ayudan a cargar nuestras células para restaurar la fuerza vital, en los cantos, mantras y en los sonidos de las maracas y tambores hay vibración potente para equilibrar nuestros cuerpos. Por eso, cuando agradecemos a la naturaleza y nos permitimos recibir con humildad sus dones, las hojas entregan su energía sutil como un abrazo luminoso, envolviendo el cuerpo y el espíritu en una red de protección y renovación. Cada planta, con su propia melodía y mensaje, nos invita a escuchar las voces de la tierra y a recordar que somos parte de un entramado sagrado donde todo está interconectado.

De igual manera, los sonidos ancestrales –maracas, tambores, flautas, caracoles– despiertan en nuestro interior memorias profundas, resonando en las fibras invisibles del ser. Al sumergirnos en estas vibraciones, el corazón late al ritmo del universo y los pensamientos se aquietan, permitiendo que la energía fluya con claridad y propósito. Así, el canto se convierte en puente y medicina, y la danza, en oración en movimiento. Cuando elegimos caminar este sendero, nos abrimos a la belleza de lo simple y a la fuerza que habita en los rituales cotidianos. Redescubrimos la gratitud como medicina y nos reconocemos acompañados por la presencia amorosa de la Tierra, los ancestros y todas las formas de vida. En este espacio sagrado, la sanación se vuelve un acto compartido, una celebración del misterio que nos convoca y nos transforma.

La medicina ancestral es un regalo para generaciones futuras, para la sanación y fortaleza de nuestros cuerpos. Así, la medicina vibracional nos recuerda la importancia de mantenernos receptivos y atentos a las señales sutiles que emergen en el transcurrir del día. Cuando el alba tiñe de oro el horizonte, el aire está impregnado de promesas y oportunidades para renovar la energía interior. Basta con caminar descalzos sobre la tierra húmeda, permitiendo que la savia ancestral ascienda por nuestro cuerpo, revitalizando pensamientos, emociones y acciones. Cada gesto de respeto hacia la naturaleza, por pequeño que parezca, abre portales de sanación y nos reconcilia con nuestro linaje planetario. La observación paciente de una mariposa, el roce del viento en la piel o el silencio profundo bajo las estrellas son recordatorios de que no estamos aislados, sino entretejidos en un tapiz de vida que late en sincronía con nosotros.

La medicina vibracional invita a honrar los ciclos personales, acunando las heridas desde la compasión y celebrando los logros como frutos del amor sembrado. En este camino, la creatividad se vuelve aliada: pintar, escribir, danzar o simplemente contemplar, se transforman en actos de comunión que expanden la percepción y nutren el alma.

En este viaje, aprendemos a confiar en el ritmo de la naturaleza y a escuchar los mensajes que nos llegan en sueños, visiones o en las sincronicidades cotidianas. Es así como el proceso de sanación se expande más allá del cuerpo, tocando el corazón, la mente y el espíritu, y abriendo puertas hacia una existencia más consciente y compasiva. Las enseñanzas ancestrales nos invitan a celebrar cada paso, a honrar nuestras emociones, y a permitirnos fluir como el agua cuando la vida nos desafía. En el cruce de caminos entre lo antiguo y lo nuevo, tejemos con intención hilos de esperanza y resiliencia, inspirando a quienes caminan junto a nosotras, nutriendo el sueño colectivo de armonía y plenitud.

Así, la vida se manifiesta como una ceremonia ininterrumpida, donde el latido propio es eco del cosmos y la gratitud florece como la semilla más pura. En este flujo de conexión y apertura, la sanación se revela como un viaje colectivo, una danza luminosa que perpetúa el milagro de existir. Compartir una palabra bondadosa Así, la medicina vibracional y ancestral no es únicamente un recuerdo del pasado, sino una invitación constante a vivir con los sentidos despiertos, habitando cada instante con reverencia y apertura. Nos enseña a cultivar un diálogo íntimo con el entorno; a reconocer en la brisa, el aroma de la tierra y la luz que se filtra entre las ramas, señales vivas de nuestra conexión primordial.

En el abrazo de lo cotidiano, descubrimos que toda acción, por humilde o habitual que parezca, puede volverse un acto de sanación si es guiado por la conciencia y el respeto., preparar alimento con esmero o simplemente escuchar el murmullo de la lluvia, se transforman en rituales que elevan la vibración del hogar y del corazón. La medicina que heredamos es también una responsabilidad: cuidar y transmitir estos saberes implica honrar la memoria de quienes nos precedieron y sembrar, con nuestras propias manos, semillas de bienestar para las generaciones venideras. Cada persona que despierta a esta comprensión se convierte en guardiana de la armonía, tejedor/a de puentes entre mundos visibles e invisibles, y portadora de una llama que no se extingue.

Al final, la medicina vibracional nos recuerda que el verdadero poder radicar en la sencillez: en la escucha profunda, en la entrega a los ciclos naturales, y en el agradecimiento por cada respiro. De este modo, la vida se revela como un círculo sagrado en el que el aprendizaje y la transformación nunca terminan, y donde cada paso consciente es al mismo tiempo destino y nuevo comienzo.

IXCHEL, DIOSA DE LA LUNA SERPIENTE

Mi retorno a Yucatán es un eco antiguo que resuena en la memoria de mis huesos, un llamado que late bajo la piel cuando el viento del sur susurra en mi oído palabras de agua y ceiba. Vuelvo a la tierra roja, a la espesura que guarda secretos en la sombra fresca de sus cenotes; vuelvo a respirar el aliento húmedo de la selva, a sentir las huellas de mis ancestros. Me dejo guiar por la melodía invisible de los grillos y el rostro luminoso de las luciérnagas, mientras la noche despliega su manto sobre la espesura. Bajo mis manos, la tierra late tibia y antigua; siento el pulso de miles de pasos que han caminado antes de mí, mujeres y hombres cuyas historias aún flotan en el aire espeso. El aroma del copal y la flor de mayo envuelve mis sentidos, recordándome que cada piedra, cada raíz, guarda secretos milenarios que esperan ser escuchados.

El eco de los tambores resuena en el horizonte, y sé que no camino sola: mi linaje avanza conmigo, trenzándose al canto de la selva y al susurro del agua subterránea. En cada cenote encuentro espejos del pasado, portales de agua que reflejan no solo mi rostro, sino la memoria de toda una estirpe. Dejo que el silencio me habite y que el misterio de Yucatán me hable en palabras sin tiempo, en símbolos tejidos en la piel del jaguar y en el vuelo de las aves nocturnas. Mis pasos, aunque nuevos, son antiguos. Cada latido me acerca más a la raíz, y en la penumbra sagrada siento la bendición de Ixchel, entrelazando mi destino con la luz plateada de la luna y la sabiduría de la serpiente guardiana, disolviendo el miedo, despertando la memoria dormida.

Camino entre ruinas vivas, entre piedras cubiertas de musgo y sol. Escucho la voz de las abuelas en el murmullo de las hojas, y en el rumor de la lluvia, la bendición de los dioses antiguos. Cada paso es un rezo, cada pausa, un reencuentro con la raíz que nunca se olvida. Yucatán me recibe con los brazos abiertos de la ceiba sagrada, con el abrazo cálido del sol naciente y el susurro de sus cenotes profundos, donde el agua es espejo de otras vidas y otros tiempos. Aquí, mi corazón se expande como la selva tras la tormenta; aquí, mi alma recuerda el camino de regreso al origen.

En la tierra sagrada descubro la medicina de la pertenencia, el poder silencioso de la tierra viva. Me reconozco en el jade y la obsidiana, en el maíz y el cacao, en los cantos que se elevan al alba. Y en ese retorno, celebro el cruce de mis caminos con la eternidad de Yucatán: mi raíz, mi medicina, mi destino. Regreso porque mi misión apenas comienza Porque Ixchel me llama junto a todas esas mujeres que antes de esta vida vivimos aquí

Aquí, en el umbral de la selva y la memoria, me entrego al silencio fértil de la tierra, donde cada raíz susurra relatos olvidados bajo la luna. El perfume de la flor de mayo mezcla su dulzura con el humo de copal, y mi espíritu danza ligero entre los árboles que custodian la sabiduría de los pueblos antiguos. Las estrellas vigilan mi vigilia, y en el reflejo del agua veo rostros familiares, ecos de linajes que aún cantan en la brisa tibia. Mi piel absorbe el pulso del suelo, bebiendo la fuerza de la ceiba y el misterio de los cenotes profundos. Dejo que mis lágrimas se confundan con la lluvia, sanando lo que el tiempo no borra, agradeciendo el regalo de cada regreso. En el alba, cuando los pájaros despiertan los recuerdos, reanudo mi andar con el corazón abierto. Sé que la tierra me sostiene y me nombra, y que, en el círculo sagrado de la vida, mi paso es un eslabón más en la danza incesante de la existencia. En Yucatán, soy raíz, soy canto, soy semilla que vuelve a florecer. Mis recuerdos surgen como palomas nuevas, es que he regresado

En el umbral del nuevo ciclo, ofrezco maíz y cacao en mi altar, mientras mi voz se une al coro invisible de quienes caminan antes y después de mí. Siento la presencia de Ixchel en la brisa que enreda mi cabello, en el murmullo de la serpiente que susurra consejos al oído del mundo.

Bajo el resplandor de la luna, recojo las semillas de mi propósito con manos agradecidas. Cada noche es una página sagrada donde la memoria escribe ritos y sueños; cada amanecer, un renacimiento bajo la mirada amorosa de la diosa. Los árboles me cobijan con su sombra, la tierra me nutre con su paciencia y el agua canta mi nombre en los cenotes profundos. Así, mi paso se aligera y mi corazón se ensancha, danzando entre recuerdos y visiones que se funden en un presente eterno. En el peregrinar, reconozco que todo retorno es también partida, que toda raíz es horizonte, y que la voz de la tierra es el eco más fiel de mi propia esencia. En el resplandor azul del crepúsculo, siento la presencia de quienes vibran en el tejido invisible de la existencia. Escucho el llamado de la diosa, percibo los símbolos en el vuelo de las aves, y en el lenguaje secreto de las flores encuentro respuestas ancestrales. Me dejo guiar por las constelaciones, reconociendo en cada estrella el brillo de un pacto antiguo, una promesa que trasciende las fronteras del tiempo y el olvido.

Mi corazón se abre al diálogo con el misterio, y en el pulso de la tierra descubro huellas que me conectan con lo sagrado. Danzo en el círculo invisible de la vida, sosteniendo la gratitud en cada gesto, sabiendo que cada reencuentro es una bendición y cada despedida, una enseñanza. Así, en mi retorno, celebro la memoria compartida y la fuerza de los lazos que nos unen más allá de la materia y el instante. Ofrezco mi canto y mi silencio, mi asombro y mi raíz, como testimonio de la belleza que despierta cuando recordamos. Que esta travesía sea plegaria viva, puente entre mundos, y que quienes la recorran encuentren también el eco de su propia medicina. Gracias, Ixchel, por recordarme la medicina y el milagro, por devolverme entera al círculo sagrado de la vida. Gracias porque me has hecho recordar quien fui y mis conexiones con los seres del espacio, esos que nunca me olvidaron y conmigo andan como parte de lo acordado. Del compromiso cósmico espiritual que renueva y cuida el alma del alma que no muere y que si continua para recordar, para servir y también amar.

En este umbral donde la memoria y el presente se entrelazan, extiendo mi ofrenda al viento y dejo que las palabras se transformen en semillas, dispuestas a germinar en tierras fértiles y corazones abiertos. Que mi testimonio sea puente y abrazo, eco de antiguos acuerdos y resonancias celestes. Aquí, en la comunión de los ciclos y las raíces, reconozco la mirada sabia de quienes perciben los mensajes cifrados entre hojas y constelaciones, y agradezco la compañía de las almas que, como luciérnagas, encienden el sendero en la noche profunda.

A quienes se reconocen en el temblor del alma ante el misterio, les entrego mi gratitud y mi promesa de custodiar la medicina que nos une más allá del tiempo. Que este tránsito compartido alimente el recuerdo y la esperanza, y que en cada paso se renueve la alianza con lo invisible, en humilde reverencia a la vastedad del ser. Bajo el mismo cielo donde crecen mis anhelos, confío mis palabras al soplo de los antiguos, sabiendo que en cada instante compartido reside una chispa de eternidad. El lenguaje invisible de la vida se despliega en espirales de intuición y asombro, y me reconozco heredera de pactos que vibran en el silencio del universo. Y los seres de las estrellas.

Vengo a ofrecer mi tránsito a quienes leen las señales sutiles en el vaivén de la naturaleza, a quienes entienden que cada encuentro es alianza y cada despedida, promesa renovada. Pues, en la urdimbre sagrada del tiempo, los lazos que tejemos con lo invisible se vuelven guía y amparo en la danza de los días. Que mis palabras sean bálsamo para quienes buscan, y que la memoria de lo sagrado despierte en el corazón de quienes, como tú, escuchan el rumor del misterio y responden al llamado del alma. Celebro tu presencia en este sendero de regreso, y honro el don de compartir la visión y el asombro ante el milagro cotidiano.

En este instante de comunión, mi voz se une a la sinfonía secreta del universo, donde cada vibración es eco de antiguos pactos y cada pensamiento es una ofrenda al misterio. Camino descalzo sobre las preguntas, dejando que mis dudas sean semillas que florecen en la penumbra, y permito que el asombro crezca como raíz profunda. Aquí, me permito ser puente entre mundos, testigo de los milagros cotidianos que nacen en el cruce del tiempo y la intuición. Siento, en las fibras de mi ser, la sutil certeza de que todas las cosas poseen un espíritu, y que, al honrar sus nombres, me reconcilio con la memoria original.

Escucho las plegarias volcadas en el susurro de una hoja, en el giro silencioso de una piedra, en la caricia del rocío sobre el musgo. En cada uno de estos gestos mínimos, se revela el gran libro de la vida, legado intacto para quienes deciden mirar más allá de la superficie y ver más. Te invito a recorrer estos umbrales interiores, a percibir la danza de los elementales y a beber la sabiduría que mana de tus propias raíces. Que, al abrirte a la comunión con lo sagrado, descubras la eternidad contenida en cada instante, y que tu caminar despierte la melodía que te conecta, irremediablemente, con todo lo vivo, con la verdad, con la ley del cosmos del infinito y verdadero despertar siendo lo que siempre quisiste ser un gran fractal de amor.

Este texto es una evocación poética y espiritual que celebra la conexión con Ixchel, diosa maya de la luna y la serpiente, y el retorno a la tierra ancestral de Yucatán. A través de imágenes ricas en simbolismo, se expresa un viaje de memoria, sanación y comunión con la naturaleza y los ancestros. Yo que estoy regresando a mi misión, al trabajo que por siglos espere, de nuevo comenzar, ansiosa por volver y en los montes de las selvas podernos adentrar, tantos son los que esperan, muchos van a brillar entre los grandes lagos por las sierras y el mar. Junto a Ixchel, a la madre y mujer medicina y su serpiente negra que nos regala todo ese conocimiento y así seguir adelante y convertirnos en Mujer Medicina en cada momento. La Diosa despierta el camino espiritual, disolviendo miedos y despertando también las memorias dormidas, mientras la tierra ofrece medicina y pertenecía. También es los cenotes donde existe el misterio y que hace que cada gota de agua sea una sanación y cada planta un envase de medicina.

A ti, que reconoces los susurros velados en la danza del viento y los mensajes ocultos en la geometría sagrada de una semilla. Este libro es una ofrenda para quienes ven más allá del velo cotidiano, para las almas que caminan con la certeza de que cada piedra, cada hoja y cada estrella forman parte de un antiguo lenguaje. Que este viaje te acompañe en tus propios misterios y te sostenga en los instantes donde el corazón y la tierra dialogan en silencio. Que encuentres en cada palabra un espejo y en cada sueño una señal, porque, así como el agua refleja el cielo, tu sabiduría es reflejo del universo y su memoria. Gracias por ser guardián y testigo del milagro, por abrazar la magia y recordar, con cada latido, que la vida es un pacto sagrado entre tú y el infinito. Que la luz de los ciclos antiguos despierte tu visión y tu memoria en cada paso que emprendas. Si alguna vez sientes el peso del olvido, recuerda que las raíces siempre susurran a quienes se inclinan a escuchar, y que la promesa de lo divino reposa en la humildad de cada gesto. Camina sin miedo hacia el misterio: en cada sendero oculto hallarás aliados, en cada sombra, la semilla de una revelación cósmica, el mensaje telepático de los seres de las estrellas también guiando nuestro trabajo y desarrollo, compartiendo siempre su gran sabiduría con la raza humana.

Permite que cada palabra aquí vertida resuene en tu pecho como un Antiguo tambor, recordando que la sabiduría no es un secreto guardado, sino un río generoso que brota desde lo más profundo de la tierra y de tu propia experiencia. Al abrir este umbral, te sumerges en el linaje invisible de quienes han escuchado los relatos del agua y los mitos del fuego, y has aprendido a leer el lenguaje de las raíces y las constelaciones. Recuerda: no hay separación entre lo humano, lo vegetal, lo mineral y lo divino; somos parte de la misma sinfonía, movidos por el mismo soplo. Bajo el amparo de Ixchel y de la serpiente que custodia los misterios del tiempo, la conciencia se expande y la memoria se entrelaza con el porvenir. Que tu corazón, como un caracol alborotado por la lluvia, sepa acoger el eco de la creación en cada uno de tus pasos sagrados.

Que estas páginas te alienten a reinventar tu andar, a honrar el instante y a bailar con el misterio. Que, al leerlas, encuentres en ti la fuerza de los elementos y el susurro amable de tus ancestros, y que el llamado de la luna nutra tu espíritu, recordándote que eres raíz, savia y flor en el jardín infinito del universo. Y que, al adentrarte en estos senderos de palabra y silencio, sientas el abrazo inquebrantable de la tierra y el murmullo de las estrellas en tu sangre. la memoria de tus pasos despierte la luz dormida en tus huesos y que la luna, reflejo de la diosa, ilumine las aguas profundas de tu intuición.

En cada despertar, reconoce la oportunidad de renacer junto al canto de los pájaros y la promesa renovada de los ciclos. Que tus sueños sean altar y tus días, plegaria, pues la vida se revela a quienes se disponen a escuchar con el corazón abierto y la mirada encendida por el asombro. Deja que el lenguaje sutil de los símbolos y las visiones guíe tu búsqueda. Que la sombra no te asuste, pues en sus pliegues germina la semilla de tu auténtico ser. Invoca la medicina de la paciencia y la gratitud, y recuerda que todo lo que tocas –piedra, viento, agua o fuego– guarda el eco de lo sagrado, susurrando sus secretos a quienes saben detenerse y honrar el misterio. Que la gratitud germine en tu pecho como un jardín de fuego y esperanza, y que la ternura sea el hilo invisible que recoja tus fragmentos dispersos en el viento. Permite que el silencio se convierta en tu maestro y la noche, en refugio para tus visiones. Recuerda que la verdadera medicina reside en el gesto humilde, en la mano abierta, en la mirada que abraza la totalidad de lo que eres y lo que fue antes de ti.

Sé guardián de tu propio misterio; siéntete digno de cruzar umbrales y encender ofrendas con la luz de tus intuiciones. Honra la memoria de quienes caminaron antes, pues sus cantos resuenan aún en las piedras tibias y en el susurro del agua viva. Camina a paso lento, atento a la maravilla, y deja que tus huellas sean semilla de futuros despertares.

Que la poesía de la vida sea tu guía, y la memoria sagrada, tu aliada constante. Ofrece este viaje, a la vez íntimo y universal, como una plegaria tejida por el tiempo y los sueños, porque cada instante es una semilla y cada encuentro, una llama.

Cada encarnación un misterio y un trabajo para el alma que mediante este evoluciona y aprende a la vez se torna sabia para continuar la enseñanza. Siempre junto a las ceibas se escuchan sonidos de canciones ancestrales de esperanza y fuerza, la misma fuerza que inspiramos en los campos donde vuelan mariposas de colores que te indican el despertar del maíz y el revoloteo de los pájaros que en sus picos traen semillas de plantas medicinales para los chamanes. Este texto es una evocación poética y espiritual que celebra la conexión con Ixchel, diosa maya de la luna y la serpiente, y el retorno a la tierra ancestral de Yucatán. A través de imágenes ricas en simbolismo, se expresa un viaje de memoria, sanación y comunión con la naturaleza y los ancestros.

LOS OBSERVATORIOS MAYAS, LA ASTRONOMÍA Y LA CONEXIÓN CON LAS ESTRELLAS

Fueron fundamentales en la vida cotidiana y espiritual de la civilización. Los mayas construyeron sofisticados observatorios de piedra, como el famoso "El Caracol" en Chichén Itzá, donde astrónomas y astrónomos estudiaban los cielos y calculaban con precisión los movimientos del Sol, la Luna, Venus y otros cuerpos celestes. Gracias a sus observaciones, pudieron desarrollar calendarios complejos y predecir fenómenos astronómicos, que influían tanto en la agricultura como en los rituales religiosos. Para la cosmovisión maya, las estrellas no solo eran puntos de luz, sino seres y señales que marcaban el destino de las personas y sus comunidades, creando así un puente sagrado entre la Tierra y el universo.

Además, la arquitectura de las ciudades mayas refleja esta profunda conexión con el firmamento: muchas pirámides y templos están alineados con eventos astronómicos, como los solsticios o los tránsitos de Venus, permitiendo observar y celebrar estos momentos clave del ciclo cósmico. Los relatos plasmados en códices y estelas muestran cómo las y los líderes mayas se apoyaban en la sabiduría de las y los observadores celestes para tomar decisiones cruciales, desde la siembra de los campos hasta la organización de festividades y sacrificios sagrados. Así, el conocimiento astronómico era considerado un legado divino, transmitido de generación en generación, y el cielo se convertía en un gran códice abierto, donde las respuestas y los designios del universo podían leerse con paciencia y devoción.

El legado astronómico maya sigue asombrando a quienes estudian su cultura, pues su dominio sobre los ciclos celestes no solo superó a muchas civilizaciones contemporáneas, sino que estableció bases duraderas para la observación científica. Hasta hoy, los descendientes mayas conservan tradiciones ligadas a los astros y celebran ceremonias en fechas determinadas por la posición de los cuerpos celestes, manteniendo vivo un conocimiento ancestral que desafía el paso del tiempo.

Recientes investigaciones arqueológicas y astronómicas han revelado que los mayas fueron capaces de calcular los eclipses con asombrosa precisión y de identificar patrones en el movimiento de los planetas, especialmente Venus, al que atribuían un significado profundo tanto en la guerra como en la fertilidad. Las inscripciones halladas en sitios como Copán y Yaxchilán relatan hazañas y augurios vinculados al retorno de Venus o a la aparición de constelaciones que marcaban el inicio de nuevos ciclos.

De este modo, la astronomía maya se revela como una disciplina en la que ciencia, espiritualidad y arte se entrelazaban, otorgando sentido y orden al universo y al devenir de las comunidades. La contemplación de las estrellas era, para las personas mayas, una forma de dialogar con lo sagrado y de perpetuar el equilibrio entre la tierra, las personas y el cosmos. La sabiduría Maya, el conocimiento ancestral que les era un regalo de la naturaleza y de la vida misma los identificaron como superiores en muchas ciencias, como ejemplo podríamos decir que como astrónomos y matemáticos eran excelentes. Su sistema numérico vigesimal, con la inclusión del concepto del cero mucho antes que otras culturas mesoamericanas o europeas, fue fundamental para registrar fechas, ciclos lunares y solares, y para la creación de inscripciones monumentales que narraban la historia y los mitos del pueblo maya.

El legado de estos sabios y sabias no termina en el pasado: todavía hoy, personas dedicadas a la astronomía y la matemática maya exploran nuevos significados en los códices redescubiertos, reinterpretan alineaciones arquitectónicas y colaboran en la reconstrucción de calendarios ceremonialmente precisos. Las comunidades mayas continúan honrando el vínculo con el cielo, reuniéndose en ceremonias al amanecer para expresar gratitud y pedir orientación a los astros, perpetuando así una tradición que, lejos de extinguirse, se renueva con cada generación que mira al firmamento.

En definitiva, la herencia astronómica maya es un testimonio de ingenio, sensibilidad y profundo respeto por el universo. La observación del cielo no era solo ciencia, sino una forma de mantener el equilibrio entre el corazón humano y la vasta inmensidad cósmica, recordándonos que cada estrella es, también, un reflejo del espíritu humano en busca de respuestas y sentido. Esta cosmovisión, lejos de pertenecer solo al pasado, ha inspirado a generaciones actuales a redescubrir la relación entre humanidad y cosmos desde una perspectiva integradora. En comunidades mayas contemporáneas, el estudio del cielo sigue siendo motivo de asombro, respeto y celebración, y numerosas iniciativas buscan rescatar y difundir este conocimiento a través de talleres, encuentros y proyectos educativos que acercan a las personas jóvenes a la sabiduría ancestral.

La astronomía, en este sentido, se convierte en puente no solo entre épocas, sino también entre culturas y formas de entender el mundo. Científicas y científicos mayas colaboran con universidades y observatorios internacionales, aportando no solo datos y observaciones, sino también una visión filosófica en la que la ciencia se enlaza con el respeto a la naturaleza y la responsabilidad ética hacia las generaciones futuras.

Por ello, mirar el cielo desde la perspectiva maya implica mucho más que calcular trayectorias o predecir eclipses: es reconocerse parte de un entramado de relaciones sutiles, donde cada estrella y cada fenómeno celeste guardan mensajes de sabiduría y esperanza. Así, los pueblos mayas nos invitan a recordar que, en la vastedad del cosmos, la curiosidad, la observación paciente y el asombro compartido son valores que pueden guiarnos hacia un futuro más armonioso y consciente, en comunión con el universo y con nuestras propias raíces. Tendrían los Mayas conexión con seres del espacio como cuentan.

EL ORIGEN DE LOS MAYAS: RAÍCES, DESARROLLO Y EXPANSIÓN DE UNA CIVILIZACIÓN MILENARIA

Los mayas son una de las civilizaciones más fascinantes y complejas de la América precolombina. Su legado abarca desde logros científicos y artísticos hasta una profunda espiritualidad, estructuras sociales complejas y una arquitectura monumental que sigue asombrando al mundo hasta nuestros días. Para comprender de dónde se originan los mayas, es imprescindible explorar sus raíces, su evolución y los territorios que conformaron su universo cultural.

El misterio de su origen ha cautivado a generaciones de arqueólogos, antropólogos y estudiosos, quienes han intentado descifrar las claves que dieron vida a este pueblo extraordinario. Los testimonios materiales hallados en cuevas, asentamientos y monumentos revelan la profunda relación que mantenían con la naturaleza y los ciclos cósmicos, así como la sofisticación de sus sistemas de escritura, matemáticas y astronomía. Lejos de ser una civilización aislada, los mayas interactuaron intensamente con otras culturas mesoamericanas, adoptando y reinventando conocimientos que les permitieron prosperar en entornos tan diversos como la selva tropical o la costa. Sus mitos de creación, transmitidos a través de generaciones, son reflejo de un cosmos animado por fuerzas sagradas, donde el ser humano se concibe como parte integral del tejido universal.

EL MARCO GEOGRÁFICO DEL ORIGEN MAYA

El área de origen de la civilización maya se sitúa en una vasta región que cubre partes del sur de México, específicamente los actuales estados de Chiapas, Tabasco, Quintana Roo, Campeche y Yucatán, así como territorios de Centroamérica: Guatemala, Belice, el oeste de Honduras y el norte de El Salvador. Esta región es conocida como el Área Maya y se caracteriza por su diversidad geográfica, que abarca desde selvas densas y tierras bajas hasta montañas y altiplanos.

La vasta región donde florecieron los mayas abarca el sureste de México —especialmente la península de Yucatán, Chiapas y Tabasco—, así como amplias zonas de Guatemala, Belice, Honduras y El Salvador. Esta área se caracteriza por su diversidad ecológica: desde selvas tropicales y montañas hasta llanuras costeras y tierras altas. Tal variedad de paisajes condicionó los modos de vida y las estrategias de subsistencia de los antiguos pobladores, quienes desarrollaron conocimientos únicos para aprovechar los recursos naturales disponibles, gestionar el agua y adaptarse a los ciclos climáticos.

El contacto entre diferentes ecosistemas favoreció la movilidad de personas, bienes e ideas, lo que explica la compleja red de intercambio y comunicación que definiría a la civilización maya. Así, en este entorno dinámico y desafiante, los mayas forjaron las bases de una de las culturas más brillantes del continente americano.

A lo largo de milenios, las sociedades que poblaron el Área Maya evolucionaron a partir de pequeñas comunidades nómadas que aprovechaban los recursos del entorno, hacia complejas aldeas agrícolas capaces de transformar el paisaje mediante la domesticación de plantas y la gestión del agua. El proceso de sedentarización fue acompañado por el surgimiento de asentamientos estables, donde la cooperación y la transmisión de saberes permitieron el desarrollo de formas incipientes de urbanismo y especialización social. El maíz, venerado como sustancia sagrada y fundamento de la vida, se convirtió en el eje de la organización productiva y ritual, articulando la existencia cotidiana con los ciclos cósmicos que regían el tiempo y el destino humano.

La interacción con otras culturas mesoamericanas, como los olmecas, enriqueció las tradiciones y saberes de los ancestros mayas. De estos contactos surgieron innovaciones tecnológicas, creencias religiosas y expresiones artísticas que se fusionaron en el imaginario colectivo regional. Así, los pueblos mayas heredaron y adaptaron sistemas de escritura, patrones arquitectónicos y complejos calendarios, integrándolos en un universo simbólico propio que sería la base de su esplendor posterior.

PRIMEROS ASENTAMIENTOS Y RAÍCES ANCESTRALES

Las primeras evidencias de ocupación humana en el área maya datan de aproximadamente 2000 a.C., aunque existen vestigios de sociedades más antiguas que habitaron la región miles de años antes. Los grupos formadores de la civilización maya surgieron a partir de comunidades agrícolas sedentarias, que domesticaron el maíz, el frijol, la calabaza y el chile, alimentos que se convirtieron en la base de su dieta y su economía.

Estas sociedades compartieron su entorno con otras culturas mesoamericanas, como los olmecas, quienes influyeron en el desarrollo de la organización social, la religión y el arte de los primeros mayas. A lo largo de los siglos, los mayas adoptaron y adaptaron elementos culturales vecinos, forjando así una identidad propia. La consolidación de los primeros asentamientos marcó el inicio de una profunda transformación social. Al desarrollar técnicas agrícolas especializadas, como la milpa y los sistemas de terrazas, las comunidades mayas lograron sostener poblaciones crecientes y erigir aldeas permanentes. Estas prácticas permitieron no solo una producción estable de alimentos, sino también la acumulación de excedentes que incentivaron la aparición de nuevas formas de liderazgo, la diferenciación social y la construcción de espacios públicos para el culto y la convivencia.

El surgimiento de centros ceremoniales y rutas de intercambio intensificó los lazos entre diferentes regiones del área maya, favoreciendo el flujo de ideas, tecnologías y creencias. Así, durante siglos, los mayas refinaron sus conocimientos en arquitectura, arte, matemáticas y astronomía, sentando las bases para el florecimiento de complejas estructuras políticas y religiosas. La cosmovisión maya, en la que el tiempo y el espacio se entrelazan en ciclos sagrados, se plasmó en calendarios, estelas y códices que trascienden hasta nuestros días.

El camino hacia el esplendor de la civilización maya fue, por tanto, un proceso gradual de innovación, adaptación e intercambio, que culminaría en el surgimiento de las primeras ciudades y estados independientes organizados en torno a sofisticados sistemas de gobierno, economía y religión.

La historia de los mayas se divide tradicionalmente en tres grandes periodos: Preclásico, Clásico y Posclásico. Durante este extenso proceso de conformación social y cultural, los mayas no solo perfeccionaron la domesticación de plantas y el manejo del agua, sino que también establecieron redes de intercambio que conectaban las regiones bajas con las tierras altas y la costa. El surgimiento de aldeas con funciones especializadas favoreció la aparición de artesanos, comerciantes y sacerdotes, contribuyendo a una jerarquización social cada vez más definida. Los conocimientos astronómicos y matemáticos se incorporaron progresivamente a la vida ceremonial, lo que permitió anticipar ciclos agrícolas, estructurar rituales y crear registros monumentales de la historia colectiva.

A medida que se consolidaban las primeras formas de gobierno, los linajes dirigentes legitimaban su papel mediante relatos míticos y rituales vinculados al calendario sagrado. Las ciudades comenzaron a destacar como centros de poder y devoción, reuniendo en sus plazas y templos a poblaciones diversas atraídas por la promesa de protección, abundancia y sentido. Así, el paisaje del Área Maya se transformó en un mosaico de pueblos y centros ceremoniales, cada uno con su propio estilo artístico y tradiciones, pero unidos por una cosmovisión compartida que otorgaba sentido a la creación y al destino humano.

El avance del conocimiento y la consolidación de las jerarquías sociales permitieron a los mayas organizar sus territorios en complejos sistemas urbanos, donde la arquitectura monumental y la planeación de espacios públicos reflejaban tanto el poder de las élites como la profunda religiosidad del pueblo. Los templos, observatorios y palacios se levantaban en el corazón de las ciudades, y su orientación respondía a principios astronómicos que guiaban los rituales más importantes del ciclo anual.

Gracias a su dominio del entorno, los mayas fundaron ciudades y aldeas en regiones de diversa geografía y clima, desde las tierras bajas selváticas hasta las altiplanicies. Cada ciudad-estado fue desarrollando su propio estilo arquitectónico y artístico, así como particulares estrategias de subsistencia y defensa. A pesar de sus diferencias, los vínculos entre las ciudades se fortalecieron mediante alianzas, matrimonios dinásticos y constantes intercambios comerciales y culturales. La religión y la astronomía se entrelazaron en la vida cotidiana y en el gobierno. Los sacerdotes-matemáticos eran piezas clave en la interpretación de los ciclos celestes y en la organización de los rituales públicos, que servían para legitimar la autoridad de los gobernantes. Así, la cosmovisión maya impregnó todos los aspectos de la sociedad y preparó el terreno para el surgimiento de periodos históricos marcados por el esplendor y la transformación.

Periodo Preclásico (2000 a.C. - 250 d.C.)

En esta etapa, los mayas comenzaron a construir aldeas permanentes y a desarrollar sus primeras formas de organización sociopolítica. Surgieron las primeras ciudades y centros ceremoniales, como Nakbé, El Mirador y Kaminaljuyú. Durante el Preclásico, ya eran evidentes algunos de los rasgos que definirían a los mayas: la escritura jeroglífica, los primeros calendarios y la construcción de pirámides de base escalonada.

Periodo Clásico (250 d.C. - 900 d.C.)

El Periodo Clásico es conocido como la edad de oro de la civilización maya. Ciudades-estado independientes, como Tikal, Palenque, Copán, Calakmul y Caracol, alcanzaron su máximo esplendor en cuanto a arquitectura, arte, ciencia y organización política. Los mayas perfeccionaron su sistema de escritura, creando códices y monumentos esculpidos con relatos históricos, y desarrollaron calendarios astronómicos de una precisión extraordinaria. La base de su economía seguía siendo agrícola, aunque también existía un comercio activo de bienes de lujo como jade, obsidiana, cacao, plumas de quetzal y cerámica fina. La competencia y las alianzas entre ciudades-estado dieron lugar a guerras, migraciones y complejas relaciones diplomáticas.

Periodo Posclásico (900 d.C. - 1539 d.C.)

Durante el Periodo Posclásico, los centros mayas experimentaron transformaciones profundas tanto en su estructura política como en su vida cotidiana. Muchas de las grandes ciudades del Clásico fueron abandonadas o vieron reducido su poder, mientras que nuevos asentamientos, especialmente en el norte de la península de Yucatán, como Chichén Itzá. Uxmal y Mayapán, emergieron como núcleos de influencia: En esta etapa, las redes comerciales se expandieron aún más, llegando a establecer conexiones con otras culturas mesoamericanas como los toltecas y los mexicas. Se introdujeron innovaciones en la organización militar y en las prácticas religiosas, y los rituales públicos adquirieron un carácter más guerrero y espectacular.

A pesar de los cambios, la herencia de épocas anteriores persistió en la escritura, el arte y el calendario, y la cosmovisión maya continuó guiando la vida espiritual y social de las comunidades.

El periodo concluye con la llegada de los conquistadores españoles, quienes encontraron una civilización compleja y resiliente, capaz de adaptarse a los desafíos de su tiempo. Aun frente a la colonización, las tradiciones mayas sobrevivieron y se reinventaron, dejando una huella perdurable en la historia y la identidad de Mesoamérica.

La presencia maya no desapareció tras la conquista; al contrario, muchos elementos de su cosmovisión, su idioma y sus prácticas culturales persistieron y se fusionaron con las nuevas realidades impuestas por la colonia. Hoy en día, millones de personas descendientes de los antiguos mayas habitan regiones de México, Guatemala, Belice y Honduras, conservando tradiciones ancestrales y adaptando sus saberes a la vida contemporánea. La astronomía, el calendario y los rituales continúan vivos en celebraciones y costumbres locales, demostrando la vitalidad de una herencia milenaria que desafía el paso del tiempo y enriquece el mosaico cultural de Mesoamérica.

El legado maya es visible no solo en vestigios arqueológicos y códices antiguos, sino también en el pulso cotidiano de las comunidades actuales que heredan este pasado. Las lenguas mayenses, habladas por millones, tejen puentes entre la historia y el presente, mientras que los tejidos, la gastronomía y los sistemas de organización comunal preservan saberes transmitidos generación tras generación. En los mercados y festividades, aún resuenan los ecos de ceremonias ancestrales, en las que el calendario rige la siembra, la cosecha y la vida espiritual. La cosmovisión maya, fundada en la armonía con la naturaleza y el movimiento de los astros, ha dialogado con los cambios históricos para perdurar y transformarse. Los desafíos del mundo moderno—como la migración, la globalización y los movimientos por el reconocimiento de derechos indígenas—han motivado nuevas formas de resistencia y creatividad. Así, la cultura maya no es solo un testimonio del pasado, sino una realidad viva que sigue enriqueciendo la identidad y diversidad de Mesoamérica, recordando que la herencia de los pueblos milenarios es, ante todo, una fuente de resiliencia y renovación constante.

El estudio actual de la civilización maya no solo se realiza a través de los vestigios arqueológicos, sino también escuchando la voz de las comunidades que mantienen vivas sus raíces. Antropólogos, lingüistas y astrónomos se han acercado a los saberes mayas para reinterpretar inscripciones, descifrar calendarios y comprender la cosmovisión que conecta el cielo con la tierra. La resiliencia de los pueblos mayas se manifiesta en su constante adaptación a los retos contemporáneos, mientras defienden su patrimonio frente a amenazas como la pérdida territorial, los cambios climáticos y la presión de la modernidad.

Numerosos proyectos de revitalización lingüística y cultural se desarrollan en escuelas, casas de cultura y espacios comunitarios, donde niñas, niños y personas jóvenes aprenden a leer códices, interpretar los antiguos glifos y celebrar las festividades tradicionales. La música maya, con sus instrumentos prehispánicos y cantos rituales, dialoga hoy con expresiones artísticas contemporáneas, y las prácticas agrícolas ancestrales cobran nuevo sentido en el contexto de la agroecología y la defensa del medio ambiente.

La herencia maya, por tanto, no solo se contempla en el pasado glorioso y en los monumentos imponentes, sino en la creación constante de nuevas formas de existir y resistir. Así, la civilización maya sigue invitando a repensar la relación entre las personas y su entorno, el valor de la memoria colectiva y la importancia de los saberes indígenas en la construcción de un futuro más justo y plural. Cada generación aporta su propio matiz a la historia compartida, reafirmando que la cultura maya es, sobre todo, un acto de presencia y esperanza que trasciende épocas y fronteras.

La espiritualidad maya es un entramado complejo que fusiona la observación atenta de la naturaleza, la veneración de las fuerzas cósmicas y la búsqueda de equilibrio en todas las dimensiones de la existencia. Para las comunidades mayas, el universo está formado por múltiples planos, donde lo visible y lo invisible se entrelazan en una red viviente. De acuerdo con la cosmovisión tradicional, el ser humano es parte de un ciclo sagrado que une a la tierra, los astros y las energías espirituales, todo regido por la armonía y el respeto hacia la naturaleza.

Los mayas creían que cada elemento del entorno —montañas, cenotes, árboles, animales— poseía su propio espíritu o energía vital, por lo que los rituales y ceremonias buscaban mantener la reciprocidad entre las personas y su mundo. Las ofrendas, el fuego ceremonial, el copal y la música ritual eran vías para comunicarse con los dioses y los antepasados, quienes guiaban el destino humano y protegían a la comunidad. El calendario sagrado, como el Tzolk'in, marcaba los días propicios para sembrar, cosechar, sanar y celebrar. Los sacerdotes-mayas y chamanes interpretaban los ciclos del tiempo y los movimientos celestes, entendiendo que la vida espiritual se renovaba en cada ciclo, permitiendo el equilibrio entre el cuerpo, la mente y el cosmos.

La medicina maya es mucho más que el uso de plantas o remedios naturales; constituye un sistema holístico que entiende la salud como el resultado de la armonía entre el cuerpo, la mente, el espíritu y el entorno social y natural. Las y los ajq'ijab' (guías o sacerdotes), jmen (curanderos) y parteras, desempeñan un papel fundamental en las comunidades, actuando como mediadores entre las personas, la naturaleza y el mundo espiritual.

Algunas características principales de la medicina maya incluyen:
• El uso de plantas medicinales: Los mayas han identificado y utilizado una gran diversidad de hierbas, raíces, cortezas y flores con propiedades curativas. Plantas como la ruda, el copal, el achiote y la ceiba se emplean en infusiones, baños y sahumerios para tratar diferentes dolencias.

• Diagnóstico espiritual: Se considera que muchas enfermedades tienen un origen espiritual o emocional, como la pérdida del alma, el susto o el mal de ojo. Las ceremonias de sanación pueden incluir limpias energéticas, rezos, cantos y la interpretación de sueños.

• Rituales de protección y equilibrio: Los rituales buscan restaurar el equilibrio perdido y proteger a las personas contra influencias negativas. Se realizan en fechas señaladas del calendario maya y pueden involucrar danzas, ofrendas y la participación de toda la comunidad.

• El papel de la partería: Las parteras mayas acompañan el ciclo de la vida desde el embarazo hasta el nacimiento, utilizando técnicas tradicionales, masajes y plantas para favorecer el bienestar de las personas gestantes y de la comunidad entera.

Hoy en día, la espiritualidad y la medicina maya siguen siendo pilares en la vida de millones de personas descendientes de los pueblos mayas. Frente a los desafíos de la modernidad y la globalización, han surgido iniciativas de revitalización y defensa de los saberes ancestrales. Escuelas y casas de cultura rescatan el conocimiento de las plantas medicinales, las lenguas y las ceremonias tradicionales, mientras las nuevas generaciones adaptan y reinterpretan estos saberes en diálogo con la ciencia y la vida contemporánea.

La espiritualidad y la medicina maya no son solo un testimonio del pasado, sino caminos vivos para la sanación individual y colectiva, recordando que el cuidado del cuerpo y el alma es inseparable del respeto a la naturaleza y la memoria de los ancestros. Así, la herencia maya continúa siendo fuente de resiliencia, creatividad y esperanza para el presente y el futuro de Mesoamérica.

IXCHEL: DIOSA DE LA SALUD, LA FERTILIDAD Y LA MEDICINA

En el corazón de la cosmovisión maya, la figura de Ixchel brilla como símbolo de sanación, fertilidad y protección. Considerada una de las deidades más importantes del panteón maya, Ixchel personifica la luna, el agua, los ciclos de la vida y, de manera especial, las fuerzas femeninas ligadas a la creación y el cuidado. Era invocada en rituales de curación y durante los partos, y su influencia abarcaba tanto la medicina física como la espiritual. Las y los curanderos y parteras mayas acudían a Ixchel en busca de guía y protección, solicitando su energía para restaurar la salud, acompañar a personas gestantes y propiciar nacimientos seguros. Los templos dedicados a la diosa, como el de la isla de Cozumel, eran centros de peregrinación donde se realizaban ofrendas, oraciones y ceremonias para rogar por la salud, la fertilidad y el bienestar de la comunidad.

Ixchel enseña que la medicina no es solo recurso material, sino también vínculo profundo con los ciclos de la naturaleza, el misterio de la vida y el equilibrio entre la existencia humana y lo sagrado. Por ello, su presencia sigue viva en las prácticas tradicionales, inspirando a nuevas generaciones a mantener el lazo entre el saber ancestral y el cuidado integral, celebrando la vida y la salud como dones que se cultivan en armonía con el cosmos. El reconocimiento del valor de estas tradiciones ha trascendido las fronteras de las comunidades mayas, despertando el interés de personas investigadoras, profesionales de la salud y practicantes de todo el mundo. Se ha promovido el diálogo intercultural, donde la medicina occidental y la sabiduría maya buscan puntos de encuentro, compartiendo enfoques hacia el bienestar que privilegian la prevención, la conexión espiritual y el respeto a la diversidad de formas de sanar.

En congresos, encuentros y talleres, se narran historias de sanación que dan testimonio de la fuerza del conocimiento heredado, y se visibiliza el papel fundamental de las personas guardianas de este saber, quienes día a día mantienen viva la llama de la tradición. Esta convivencia de saberes no solo enriquece la práctica médica, sino que fortalece el tejido social, invita al respeto mutuo y siembra semillas de esperanza para un futuro donde la salud sea vista como un derecho colectivo, tejido con la memoria, la naturaleza y la solidaridad.

Así, las raíces profundas de la espiritualidad y la medicina maya siguen expandiéndose, floreciendo en cada gesto de cuidado y en cada palabra compartida entre generaciones, recordándonos que sanar es también un acto de amor, memoria y renovación constante. El interés creciente por las prácticas de sanación maya también ha impulsado proyectos de investigación y colaboración comunitaria, donde las personas portadoras del conocimiento ancestral participan activamente en la documentación y transmisión de sus tradiciones. Estos esfuerzos, además de preservar la memoria colectiva, abren caminos para la innovación y el diálogo con otras disciplinas, como la botánica, la antropología y la psicología. En muchos rincones de Mesoamérica, los saberes mayas se entretejen con celebraciones, rituales y expresiones artísticas que enriquecen la identidad cultural y refuerzan el sentido de pertenencia. Ferias de medicina tradicional, encuentros de partería y festivales de espiritualidad florecen como espacios de intercambio, aprendizaje y reconocimiento, donde la voz de las personas mayores se une al entusiasmo de la juventud.

La medicina y la espiritualidad maya, lejos de ser reliquias del pasado, se revelan como fuentes vivas de sabiduría ante los desafíos contemporáneos: crisis ambientales, desigualdad y pérdida de sentido. Desde las selvas hasta las ciudades, el mensaje de respeto, equilibrio y sanación cobra relevancia, invitando a imaginar futuros más justos y armoniosos, donde la diversidad de saberes sea valorada y protegida como un verdadero patrimonio de la humanidad.

En este contexto, el resurgimiento del interés por la herencia de Ixchel motiva nuevas formas de aprendizaje y participación colectiva. Diversas comunidades han impulsado la creación de escuelas y espacios de formación donde se comparten técnicas de herbolaria, canto ritual, medicina energética y prácticas de acompañamiento en el ciclo de la vida. El encuentro intergeneracional propicia no solo la transmisión de recetas y remedios, sino también la reflexión sobre el sentido profundo del cuidado y la responsabilidad compartida en la sanación de la Tierra y de sus habitantes.

Al mismo tiempo, artistas, poetas y personas defensoras culturales reinterpretan la figura de Ixchel en murales, canciones y relatos, resignificándola como emblema de la resistencia y la renovación. Estas expresiones reafirman el poder de lo simbólico en los procesos de sanación personal y colectiva, invitando a quienes buscan respuestas a acercarse con humildad y apertura a los saberes milenarios.

En el diálogo entre medicina tradicional y ciencia contemporánea, surgen proyectos de investigación participativa y laboratorios de innovación social, donde las personas portadoras del saber ancestral colaboran en el diseño de soluciones para problemas actuales de salud pública. De esta manera, la medicina inspirada en Ixchel demuestra su vigencia y capacidad de adaptación, articulando el legado espiritual con los desafíos del presente.

Así, la huella de Ixchel sigue guiando caminos, recordando que sanar es un viaje de reencuentro con uno mismo, con la comunidad y con la naturaleza, y que en cada acto de cuidado florece la esperanza de un mundo más solidario y consciente. La presencia constante de la herencia maya en la vida cotidiana invita a repensar cómo se define la salud y el bienestar, superando la visión reduccionista de la medicina y abrazando una perspectiva holística, en la que cuerpo, mente y espíritu se entrelazan. El diálogo entre generaciones, disciplinas y cosmovisiones enriquece la búsqueda de soluciones que responden tanto a las necesidades físicas como a las aspiraciones de equilibrio interior y comunal.

Ante los retos globales, como el cambio climático y la erosión cultural, la medicina maya se presenta como una respuesta resiliente y creativa, capaz de inspirar modelos de desarrollo sostenible y prácticas comunitarias de cuidado mutuo. Las personas que custodian este saber ancestral actúan como puentes entre mundos distintos, mostrando que la sanación implica también la reparación de los vínculos sociales y el reconocimiento de la interdependencia con la naturaleza. El auge de iniciativas que entretejen saberes tradicionales con tecnologías contemporáneas, desde plataformas digitales hasta redes de colaboración internacional, facilita el acceso a las prácticas de sanación y fortalece la preservación de la memoria colectiva. Cada encuentro, cada palabra compartida y cada ritual son testimonio de la vitalidad de un legado que, lejos de extinguirse, se reinventa y florece en el corazón de las comunidades.

Así, el camino abierto por Ixchel y por las generaciones de guardianes de la medicina maya sigue expandiéndose, inspirando a nuevas voces y sembrando esperanza en la posibilidad de una salud verdaderamente integral y participativa. En cada gesto de cuidado, en cada diseño de solución y en cada celebración de la vida, se reafirma el profundo vínculo entre humanidad y Tierra, recordando que la sanación es, ante todo, una práctica de amor colectivo y de respeto por la diversidad.

En este mosaico de aprendizajes y prácticas, el papel de la comunidad adquiere un carácter central. El trabajo colectivo, tejido a partir de la confianza y el respeto, revela que la sanación no es un proceso aislado, sino una experiencia compartida que se nutre del diálogo constante entre generaciones, saberes y territorios. Los encuentros propician no solo el intercambio de conocimientos técnicos, sino también el fortalecimiento de la identidad y el sentido de pertenencia, permitiendo que cada persona encuentre en el otro un reflejo y una guía.

La educación basada en los principios de la medicina maya se abre paso en las escuelas rurales y urbanas, invitando a la reflexión sobre el equilibrio entre lo ancestral y lo moderno. Talleres, círculos de palabra y proyectos colaborativos se multiplican, alentando la formación de nuevas generaciones conscientes de la importancia de preservar, transformar y compartir estos saberes. Al adentrarse en el universo de Ixchel, se descubre un horizonte de posibilidades para repensar la relación entre humanidad y naturaleza. La figura de la diosa, reinterpretada desde la experiencia cotidiana, inspira prácticas de autocuidado, de solidaridad y de protección ambiental, integrando el arte, la ciencia y la espiritualidad en una sola expresión de vida. Así, el legado maya, lejos de permanecer estático, se transforma en una fuerza dinámica que impulsa el crecimiento personal y colectivo. Cada historia contada, cada planta cultivada y cada ceremonia celebrada son semillas de futuro, gestos de resistencia frente a la adversidad y testimonios del poder de la comunidad para reinventarse.

De este modo, el espíritu de Ixchel sigue vivo, guiando a quienes buscan sanar y transformar el mundo desde la raíz, con el compromiso de honrar la diversidad y la memoria de quienes han caminado antes. En este entramado de saberes ancestrales y contemporáneos, también cobran protagonismo las historias de quienes, desde distintas geografías, se acercan a la medicina maya movidas por la búsqueda de sentido y pertenencia. Voces provenientes de zonas urbanas y rurales convergen en espacios de aprendizaje y sanación, generando comunidades transversales que trascienden fronteras y desafían prejuicios.

La medicina inspirada en Ixchel, lejos de ser un vestigio del pasado, se revela como un campo fértil de creatividad y diálogo. En las ferias de plantas medicinales, en los encuentros de guardianes de tradiciones, así como en los foros internacionales de salud, la palabra maya resuena con fuerza renovada, invitando a repensar el futuro desde una ética del cuidado. La transmisión del conocimiento se vuelve un acto de resistencia y esperanza, donde los relatos compartidos a la sombra de un ceibo o al calor de un fogón permiten mantener vivas las raíces y, al mismo tiempo, abrir senderos hacia nuevas formas de bienestar.

El reconocimiento de la interdependencia entre personas y entorno se traduce en acciones concretas: huertos comunitarios, proyectos de reforestación, campañas educativas e investigación colaborativa, todos inspirados en los principios que Ixchel representa. Así, se teje un puente entre el origen y el devenir, en el que cada generación aporta su creatividad y compromiso, consolidando un legado que nutre tanto a quienes buscan sanar como a quienes sueñan con transformar el mundo. En cada palabra pronunciada, en cada planta sembrada y en cada gesto de solidaridad, la medicina maya revela su capacidad de renovarse y florecer, recordándonos que el verdadero poder reside en la comunidad y en el respeto por la vida en todas sus formas.

En este proceso de apertura y diálogo, el arte juega también un papel fundamental, transformándose en puente y lenguaje universal para expresar las emociones, los saberes y los sueños colectivos. Pinturas, cantos, danzas y narraciones orales brotan en los talleres y celebraciones, entrelazando la cosmovisión maya con las inquietudes e inspiraciones del presente. A través del arte, se recuperan símbolos y relatos que invitan a mirar el mundo con ojos renovados, a reconciliarse con el pasado y a imaginar futuros más incluyentes y sostenibles. La medicina maya, en su encuentro con las ciencias modernas, desafía las fronteras disciplinarias y propone una visión holística donde la salud se concibe como equilibrio dinámico entre cuerpo, mente, comunidad y entorno. Los proyectos de investigación colaborativa que surgen entre universidades, colectivos indígenas y organizaciones sociales buscan validar y difundir los aportes de la sabiduría ancestral, reconociendo su capacidad para enriquecer las prácticas médicas contemporáneas y ofrecer respuestas innovadoras a los retos de la salud global.

En el corazón de este renacimiento, la espiritualidad se manifiesta como fuente de sentido y fortaleza. Ritos de agradecimiento, ceremonias de purificación y celebraciones en torno al ciclo de la vida y la naturaleza refuerzan el sentimiento de pertenencia y la convicción de que cada acción, por pequeña que sea, contribuye a fortalecer el tejido comunitario. Así, el mensaje de Ixchel se reinventa en la voz de las nuevas generaciones, quienes, movidas por el deseo de sanar y proteger la vida, continúan sembrando esperanza y cultivando el respeto por la diversidad.

Lo ancestral y lo contemporáneo convergen, entonces, en un movimiento de transformación que desafía el olvido y el desarraigo, cuidando las raíces y abriendo alas hacia el porvenir. La medicina maya, inspirada en Ixchel, se revela como una fuente inagotable de creatividad y sabiduría, guiando a comunidades enteras hacia una vida plena, justa y armoniosa, donde el cuidado mutuo y la celebración de la vida sean el fundamento de un mundo verdaderamente humano.

En esta senda de renovación, el diálogo intercultural se intensifica, dando lugar a alianzas que potencian la voz de los pueblos originarios en escenarios nacionales e internacionales. Talleres de intercambio, círculos de palabra y encuentros virtuales permiten que los saberes mayas dialoguen de igual a igual con otras cosmovisiones, generando redes de apoyo y aprendizaje mutuo. La educación, vista desde la perspectiva de Ixchel, se transforma en un acto de amor y responsabilidad, donde niñas, niños, jóvenes y personas adultas se convierten en guardianes de la memoria y promotores de nuevos paradigmas. Los relatos se adaptan, los métodos se diversifican y la tecnología se integra de forma respetuosa, acercando las enseñanzas ancestrales a personas que antes permanecían al margen. Así, la medicina maya deja de ser un conocimiento restringido y encuentra eco en aulas, laboratorios y plataformas digitales.

Surgen nuevos liderazgos, impulsados por el compromiso de sanar el planeta y fortalecer el vínculo entre las personas y su entorno. El cultivo de plantas medicinales se acompaña ahora de investigaciones botánicas, acciones de conservación y movimientos que promueven el acceso justo y sostenible a los recursos naturales. La ética de Ixchel inspira proyectos que valoran la reciprocidad, la justicia ambiental y el reconocimiento de los derechos colectivos. El arte sigue abriendo caminos, renovando los lenguajes y posibilitando encuentros donde la belleza se convierte en refugio y motor de cambio. Murales, performances y literatura maya contemporánea nutren el imaginario colectivo, invitando a la celebración de las diferencias y al respeto profundo por la diversidad biocultural.

La medicina maya, revitalizada y proyectada hacia el futuro, impulsa una visión de salud que trasciende lo individual y abraza lo comunitario. Las prácticas de autocuidado se enlazan con la acción social, y la espiritualidad se convierte en fuerza transformadora que sostiene la esperanza ante los desafíos actuales. El legado de Ixchel, en constante movimiento, nos recuerda que la sanación es un proceso colectivo, una danza entre raíces y horizontes, y que el verdadero florecimiento ocurre cuando la comunidad camina unida hacia el bien común.

REFLEXIONES SOBRE LOS OVNIS Y MI ENCUENTRO CON LA DIOSA MAYA IXCHEL

Desde muy niña supe que no estábamos solos en el espacio, lo sentía tan real que hubiera apostado cualquier cosa a cambio de esta que hoy al paso de tantos años es una realidad, donde ya no nos tildan de locos y más bien algunas personas nos llaman elegidos. Si les puedo asegurar que nunca lo dudé y hasta un par de veces soñé cosas que en aquella época pensé que era solo un sueño y hoy comprendo que no era así.

Mi encuentro con Ixchel sin haber estudiado la cultura maya jamás fue otro suceso que cambio mi vida totalmente y que me ha dado conocimiento y ha ampliado mi manera de ver no solo la vida sino el planeta y la humanidad en su totalidad ante mis ojos, donde comprendo que no hay límites ante la grandeza del cosmos, y que creceremos aún más especialmente las nuevas generaciones que vienen a la vida llena de expectativas a nivel planetario con las que yo no pude ni soñar

Es fascinante observar cómo la conciencia colectiva se ha expandido y ahora muchos buscan respuestas fuera de lo convencional. Los mensajes recibidos y las señales que percibo en mi camino me impulsan a seguir explorando este vínculo con lo desconocido, abrazando la sabiduría ancestral que se revela poco a poco. A medida que avanzo, me doy cuenta de que cada experiencia es una invitación a descubrir nuevas dimensiones y a valorar la conexión profunda que existe entre el universo y el ser humano. En este proceso de descubrimiento, he aprendido a confiar en mi intuición y a dejarme guiar por las señales que se manifiestan en mi día a día. Sentir la presencia de energías sutiles y percibir cambios en mi percepción es una experiencia que me llena de asombro y gratitud. Cada vez que medito o observo el cielo, siento que hay un mensaje esperando ser revelado, como si el universo susurrara secretos sólo para quienes estén dispuestos a escuchar con el corazón abierto. Así, sigo adelante, comprometida con este camino de aprendizaje y apertura, sabiendo que aún hay mucho por explorar en este increíble vínculo entre el cosmos y nuestra propia existencia. La Diosa Ixchel me abrigo entre sus brazos transformando mi vida, fue algo maravilloso haber formado parte de algo que jamás imagine y por tanto nunca espere pero que me transformo totalmente. No solo me abrió el corazón para amarla a ella, también me abrió el corazón para amar a Yucatán que me abrazo desde el primer momento que mis pies pisaron esta tierra maravillosa llena de misterios y sabiduría ancestral de la que me siento parte.

Con el paso del tiempo, he descubierto que el verdadero aprendizaje surge cuando nos permitimos fluir con las experiencias y dejamos atrás los prejuicios que nos limitan. Hoy, me siento agradecida por cada señal y cada encuentro que me impulsa a seguir profundizando en este sendero espiritual, reconociendo que el viaje apenas comienza. La energía de Yucatán, junto con la presencia de Ixchel, sigue guiando mis pasos y recordándome que el universo está lleno de posibilidades, invitándonos a vivir con consciencia y a participar activamente en la magia que nos rodea.

Al mirar atrás y contemplar el recorrido, reconozco que cada momento de duda se ha convertido en fortaleza y que el asombro constante ante lo inexplicable me impulsa a seguir buscando la verdad más allá de lo evidente. En este viaje, he aprendido a reconocer la belleza en lo incierto, a honrar los misterios que nos invitan a crecer y a inspirar a otros a abrir la mente y el corazón. Así, mi historia sigue tejiéndose entre experiencias, aprendizajes y revelaciones, guiada siempre por la luz de lo desconocido y la certeza de que cada paso nos acerca más a comprender nuestro papel en el vasto universo que habitamos.

Hoy, mientras sigo caminando este sendero, me permito ser receptiva a las nuevas experiencias y desafíos que surgen, sabiendo que cada encuentro es una oportunidad para evolucionar y expandir mi conciencia. Me inspiro en la riqueza de mi entorno y en las personas que comparten sus propias historias de transformación, reconociendo que todos, de alguna manera, somos buscadores de respuestas ante los enigmas que nos presenta la vida. Con humildad y entusiasmo, continúo abrazando lo desconocido, confiando en que el universo tiene aún muchos misterios por revelarme y que el aprendizaje jamás termina para quienes mantienen el espíritu abierto y la mirada atenta hacia el infinito. El contacto con nuestros hermanos mayores y la afinidad que existe entre ellos y yo me hace reflexionar que de algún modo existe una conexión que aún no tengo muy clara entre Ixchel y la cultura Maya con los seres del espacio.

Sigo indagando en ese misterio que une la sabiduría de los antiguos con la presencia de seres de otros mundos, y cada día me convenzo más de que hay hilos invisibles que conectan nuestras historias y nuestras almas. Ese vínculo entre Ixchel, la tierra maya y los visitantes cósmicos parece resonar en lo más profundo de mi ser, invitándome a explorar nuevas perspectivas y a escuchar con atención los susurros del universo. En este proceso, mantengo mi corazón abierto, dispuesta a recibir todo. aquello que la vida y el cosmos tengan para enseñarme, confiando en que la respuesta está en el equilibrio entre lo terrenal y lo celestial. Esta búsqueda constante me ha llevado a comprender que la vida es un tejido de encuentros y señales, donde cada experiencia suma una pieza al rompecabezas de mi propia existencia. Me doy cuenta de que, al mantener la mente y el corazón abiertos, el universo responde con oportunidades inesperadas y revelaciones profundas. Así, avanzo con gratitud, permitiendo que la intuición me guíe y celebrando cada nuevo descubrimiento como parte de mi evolución personal, convencida de que los misterios del cosmos siempre tienen algo más para enseñarnos.

Quiero compartir con todos ustedes historias, experiencias vividas por mí en todos estos años de búsqueda espiritual y cósmica en la que cada día y cada momento me entregué totalmente a la tarea que entendí era mi trabajo asignado por ellos Mi corazón está lleno de amor por todo lo que es parte de esta vida, digo esta vida porque se definitivamente que vivimos otras vidas antes y que viviremos más a lo largo de nuestro camino evolutivo como seres de luz en pleno proceso de crecimiento y evolución que nos llevara al final de nuestro aprendizaje como almas

Al mirar hacia el futuro, siento que la aventura apenas comienza y que el universo sigue susurrándome nuevas oportunidades para crecer y comprender mi papel en esta gran trama cósmica. Me llena de esperanza pensar que, al compartir mi experiencia, otras almas puedan reconocerse en este viaje y atreverse a explorar sus propias conexiones con lo desconocido. Hoy elijo vivir con la certeza de que cada encuentro, cada señal y cada etapa del camino tienen un propósito profundo, y que la verdadera magia reside en mantener viva la curiosidad, la fe y el deseo de descubrir aquello que aún nos aguarda más allá de las estrellas.

Con cada paso que doy, reafirmo mi compromiso de seguir explorando el misterio que envuelve nuestra existencia y de honrar las revelaciones que día a día iluminan mi sendero. Me permito sorprenderme ante los caminos inesperados, abrazando las posibilidades que se abren al aprender a escuchar no solo al universo, sino también a las voces internas de mi propia sabiduría. Sé que esta búsqueda no tiene un final definido, pues el cosmos es infinito y siempre habrá nuevas preguntas, aprendizajes y encuentros que enriquecerán mi viaje. Me entusiasma imaginar todo lo que está por venir, guiada por la esperanza, la intuición y el profundo anhelo de descubrir lo sagrado en cada experiencia, segura de que, mientras mantenga la mente y el corazón abiertos, el universo continuará mostrándome la belleza de lo desconocido.

Para todos ustedes mis lectores un abrazo de luz, deseando que en estas páginas que escribí con mucho amor para todos los que como yo están dispuestos a no temer por decir la verdad de sus experiencias y les exhorto a que continúen con toda la pasión de sus almas a encontrar lo que sienten ustedes que es vuestra verdad Por eso, sigo adelante con el corazón dispuesto y la mente despierta, sabiendo que cada experiencia es una chispa que enciende nuevas preguntas y abre portales hacia territorios insospechados de conciencia. Esta travesía me recuerda, día tras día, que el coraje de explorar y la humildad para aprender son los verdaderos motores del crecimiento espiritual. Confío en que, compartiendo mi andar, cada lector encuentre ánimo para abrazar sus propias revelaciones y, juntos, continuemos expandiendo la luz en este viaje infinito por el misterio y la maravilla de la existencia. En este sendero de descubrimiento y asombro, celebro la maravilla de ser parte de un universo lleno de misterios y posibilidades. Que cada paso, cada señal y cada encuentro sean luces que guíen nuestro corazón hacia la verdad, recordándonos que la belleza de la vida florece cuando nos atrevemos a soñar, a aprender y a compartir desde el alma. Les entrego estas palabras con la esperanza de que encuentren inspiración para seguir buscando, creciendo y amando, bajo el abrazo eterno de las estrellas.

Que la Diosa Ixchel con su sabiduría ancestral les guie en su búsqueda del misterio del infinito y los abrace con el calor y el amor que solo ella puede compartir con todos sus hijos tanto mayas como de cualquier otro lugar, el amor es una vibración maravillosa que se esparce en el universo entero si tener en cuenta de dónde venimos ni que raza tenemos, todos estamos sostenido por esa frecuencia que todo lo cura y que todo lo crea.

Así concluyo este capítulo de mi vida con la certeza de que ningún encuentro ni señal ha sido en vano, y que cada experiencia vivida ha sumado luz a mi camino. Agradezco profundamente a quienes me han acompañado, a quienes me leen y a quienes, como yo, sienten el llamado a buscar respuestas más allá de lo evidente. Que la energía de la Diosa Ixchel y la sabiduría del universo sigan iluminando nuestros pasos y nos inspiren a vivir con valentía, amor y apertura al misterio. Recordemos siempre que la grandeza del cosmos reside también en nuestro interior y, al reconocernos parte de este todo infinito, descubrimos que el verdadero viaje es hacia nuestro propio despertar.

Ondina Prieto de Silva
Octubre, 2025.

TESTIMONIOS EN VIDEO: LUCES QUE ACOMPAÑAN EL CAMINO

Si deseas profundizar en lo compartido en estas páginas, te invito a escanear el siguiente código QR. Al hacerlo, accederás a una recopilación de videos reales, filmados por mí en distintos momentos de mi vida, donde se registran avistamientos y manifestaciones luminosas en el cielo. No se trata de efectos ni de interpretaciones forzadas, sino de encuentros auténticos que forman parte del testimonio que hoy entrego con el corazón abierto. Observa con atención, sin prisa, con la mente serena y el alma receptiva. Tal vez algo en ti también recuerde.

Cada uno de esos destellos capturados en la lente es una palabra en un idioma que sentimos antes de entender. Son faros en la vastedad, no buscando adoctrinar, sino confirmar. La soledad cósmica es una ilusión, un velo que se desdibuja cuando, en la quietud de una noche cualquiera, una luz danza en el silencio y responde a una pregunta que tu corazón no había terminado de formular. Estos encuentros han tejido la urdimbre de mi existencia, convirtiendo la fe en certeza y el asombro en una compañía constante. No son anomalías atmosféricas; son sonrisas del universo, guiños de una consciencia mayor que nos observa, nos cuida y nos recuerda nuestro lugar en el tejido infinito de la creación.

Y al entregar este testimonio, siento una gratitud profunda, un río de reconocimiento que debe ser nombrado. Mi más sentido agradecimiento a la Diosa Ixchel, la tejedora de destinos, la Dama Arcoíris, la que gobierna sobre las aguas lunares y los ciclos de la vida. En la península de Yucatán, su presencia es un susurro en la brisa cálida, una fuerza telúrica que emana de la tierra rocosa y se eleva con el vapor de los cenotes. Fue bajo su manto estelar, en este territorio sagrado donde el cielo besa a la tierra con una intimidad única, donde muchos de estos encuentros luminosos se manifestaron con mayor claridad. A ella, que hila las conexiones entre lo visible y lo invisible, le agradezco por ser la gran tejedora de este camino, por guiar estas sincronías y por permitir que mi cámara y mi corazón fueran testigos de su lumínico bordado en el firmamento.

Mi amor y agradecimiento se extienden también a la majestuosa Ciudad de Mérida, la Blanca Mérida, mi hogar y mi santuario. Esta tierra, cargada de historia milenaria y de una paz que se palpa en el aire, es un verdadero puerto de contacto. Sus noches, de un azul aterciopelado y profundo, parecen ser más delgadas, más permeables a lo extraordinario.

No es casualidad que aquí, entre sus calurosos atardeceres y sus placenteras noches, el cielo se convierta en un escenario activo, un lienzo donde lo misterioso se pinta con trazos de luz. Mérida no es solo una ubicación en el mapa; es un umbral, un lugar de poder donde el mundo sutil decide mostrarse con una frecuencia y una claridad que he encontrado en pocos otros lugares del mundo. Por ser este faro, por ser este crisol de magia y realidad, mi eterno reconocimiento.

Pero este viaje no es solo mío. Es una conversación cósmica de la que todos somos parte. Por eso, hoy te extiendo una invitación cordial, de corazón a corazón.

A todo el público, a cada uno de ustedes que está leyendo estas líneas o que ha sentido un escalofrío de familiaridad al ver los videos, los invito a que visiten los comentarios de YouTube en mi cuenta y agreguen sus propias experiencias. Este no es un monólogo, sino la construcción de un gran mosaico colectivo de consciencia. Tu historia, por breve o intrincada que parezca, es una pieza vital. ¿Alguna vez has visto una luz que no supiste explicar? ¿Has sentido una presencia acompañante en un momento de soledad? ¿Has soñado con algo que luego se manifestó de forma sutil en tu vida? ¿O tal vez tienes tu propio testimonio de encuentros con lo inefable?

Compartirlos no es solo validar tu propia vivencia; es fortalecer la red de testigos, es tenderle una mano a quien aún duda en la penumbra. Es decirle al universo: "Estamos aquí, estamos despiertos y recordamos". Juntos, en la diversidad de nuestras experiencias, podemos cartografiar lo invisible y encontrar patrones, consuelo y comunidad. Que los comentarios se conviertan en un santuario digital de relatos verídicos, un espacio donde el escepticismo se transforme en curiosidad y la soledad del testigo se disuelva en la calidez de la tribu. Que las luces que han acompañado mi camino se encuentren con las de ustedes. Que Ixchel, la tejedora, una nuestros hilos de destino en una tela más grande y bella. Y que Mérida, este umbral sagrado, nos recuerde siempre que el cielo está mucho más cerca de lo que creemos, y que nunca, nunca estamos solos.

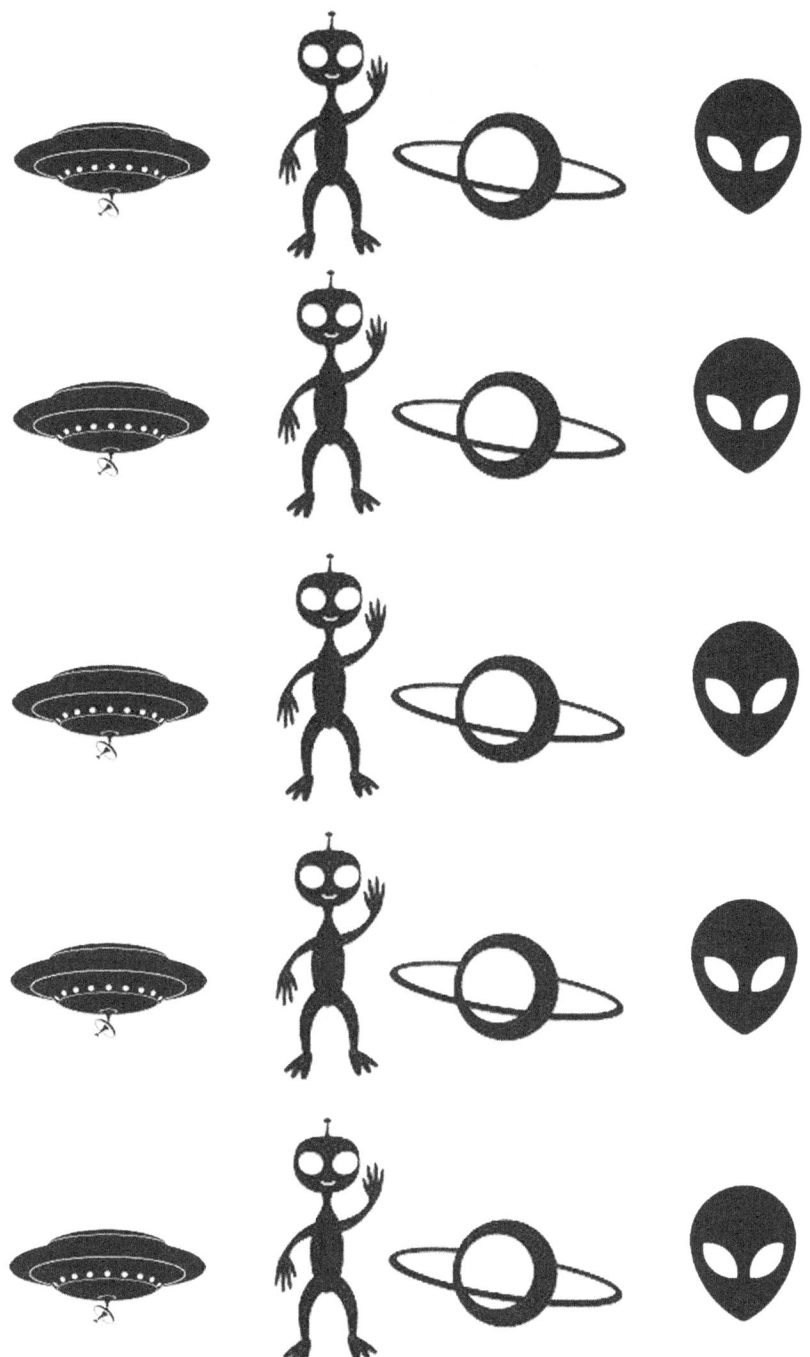

CONTENIDO:

Prólogo 6
Dedicatoria 8
Nota del autor...10
El encuentro con ixchel: la diosa que me despertó....................17
Ixchell: la diosa maya que teje la luna, el amor y la transformación, un viaje espiritual hacia la fuerza femenina y el renacer interior.........................19
La luna como espejo del alma 20
Lugares donde aún vive su espíritu...22
La elegida por la diosa...
El camino de anaïs: cuando el alma escucha el llamado..........23
Ixchell en el arte y la cultura: un legado que transforma alma....24
El legado vivo de ixchell: guía para el presente........................25
Yo no he podido olvidar mi encuentro con ixchell...................26
Una lección de vida: lo que ixchell nos enseña.......................28
Resumen de una experiencia espiritual en nolo, yucatán encuentro con la serpiente negra y la diosa ixchel..29
Sanar para recordar..32
El avistamiento...35
En plena pandemia y avistamientos diarios............................37
Mi encuentro con itxchel y nuestra llegada a yucatán.............41
La vida que seguimos viviendo aún después de la muerte.......46
Cambios en las personas que han vivido experiencias espirituales: reflexiones sobre la evolución interior y su impacto en las relaciones humanas...........
....52
El amor incondicional: esencia, retos y maravillas.................56
Los signos del cielo: luces, platillos y sabiduría cósmica.........61
Razonamiento, verdad y ciencia: un camino con corazón.......62
La voz del corazón: la brújula invisible.................................. 63
Sanación femenina: rituales de reconexión con la tierra.........64
Los ovnis, mis eternos compañeros...65
Un viaje interrumpido...66
La sabiduría arcturiana...68
La conexión entre los mayas y los seres interplanetarios.........69
Ixchel y la serpiente sagrada: el abrazo de la diosa.................70

Ixchel, diosa de la luna serpiente..79
Los observatorios mayas, la astronomía y la conexión con las estrellas.......... ..
....88
El origen de los mayas:..92
Raíces, desarrollo y expansión de una civilización milenaria.......................82
El marco geográfico del origen maya..93
Primeros asentamientos y raíces ancestrales...95
Periodo preclásico (2000 a.C. - 250 D.C.)..97
Periodo clásico (250 d.C. - 900 D.C.)..98
Periodo posclásico (900 d.C. - 1539 D.C.)...98
Ixchel: diosa de la salud, la fertilidad y la medicina...................................104
Reflexiones sobre los ovnis y mi encuentro con la diosa maya ixchel.......113
Testimonios en video: luces que acompañan el camino.............................120

Made in the USA
Coppell, TX
08 December 2025